KB121271

로크미디어가
유혹하는
재미있는 세상

이것이 삶이다

이것이 법이다 27

2017년 9월 29일 초판 1쇄 인쇄
2017년 10월 12일 초판 1쇄 발행

지은이 자카예프
발행인 이종주

기획 팀 이기헌 왕소현 박경무
책임 편집 최전경

발행처 (주)로크미디어
출판등록 2003년 3월 24일
주소 서울시 마포구 성암로 330 DMC첨단산업센터 3층 314호
Tel (02)3273-5135 **Fax** (02)3273-5134
홈페이지 rokmedia.com **E-mail** rokmedia@empas.com

ⓒ 자키예프, 2015

값 8,000원

ISBN 979-11-294-0810-5 (27권)
ISBN 979-11-255-9575-5 04810 (세트)

이 책의 모든 내용에 대한 편집권은 저자와의 계약에 의해
(주)로크미디어에 있으므로 무단 복제, 수정, 배포 행위를 금합니다.

작가와의 협의에 의해 인지는 생략합니다.
잘못된 책은 구입처에서 바꾸어 드립니다.

이것이 법이다

27

자카예프 장편소설

로크미디어

이 소설은 픽션입니다.
등장하는 인물 및 지명 등은 현실와 연관이 없습니다.
또한 소설 내에 나오는 법이나 법리 해석의 경우에도 대
중문학의 극적 전개를 위하여 일부분 과장되거나 변형된
것이 존재하니 실제 법과 혼동하지 않으시길 바랍니다.

CONTENTS

"음……."

노형진은 며칠간 법전과 사건 기록을 뒤지면서 해결 방법을 찾아봤다.

하지만 아무리 봐도 도무지 길이 보이지가 않았다.

"결국 배상금을 깎는 정도가 최선인가?"

그나마 배상금을 깎으면 대략 10억 정도까지는 가능할 것 같았다.

이 땅의 가치는 현재 1억 2천 정도. 그러면 남은 돈은 8억 8천.

"미친……. 이래서는 답이 없는데."

그 정도 빚이면 아이들이 자살하고도 남을 것이다.

아무리 노력해도 그 빚의 이자도 못 낼 테니까.

현행법상 법정 최고 이율은 연 20%.

강환우는 돈에 눈이 돌아갔으니 당연히 그걸 요구할 테고, 그러면 1년에 못해도 1억 7천 정도의 이자가 생기는 셈이다.

"이건 말도 안 돼……."

물론 그런 경우 이자가 싼 다른 곳에서 빌려서 갚는 방법도 있다.

하지만 문제는 과연 그런 곳에서 아무것도 없는 그 아이들에게 8억 8천을 빌려줄 리가 있느냐는 것이다.

"그렇다고 내가 내줄 수도 없고……."

물론 원하면 노형진이 내줄 수도 있다.

하지만 노형진의 경험상 소송 비용은 내줄 수 있지만 이렇게 직접적인 비용을 내주는 것은 안 된다. 그러면 끝도 없이 요구하는 게 사람이기 때문이다.

누구 한 명에게 불쌍하다고 돈을 주면 나중에 왜 나는 안 주느냐고 요구하는 게 사람인지라, 노형진의 철칙 중 하나가 직접적으로 돈은 주지 않는다는 것이다.

"완전 골 때리네……."

노형진은 멍하니 사진을 바라보았다.

여기저기에 불이 났던 흔적들. 그리고 사방에 그을린 흔적들…….

"어?"

그런데 그걸 보던 노형진은 뭔가 이상하다는 느낌이 들었다.

"뭔가 이상했는데?"

순간적으로 지나간 이상한 느낌. 하지만 뭔지 모를 느낌.

"이 사진이란 말이지……."

노형진은 그 사진을 보다가 안 되겠다고 생각했는지 그걸 스캔해서 확대해서 보기 시작했다.

그런데 뭔지 모를 느낌이 계속 노형진을 건드릴 뿐, 뭐가 이상한지 알 수가 없었다.

마치 안개 속에서 뭔가를 더듬더듬하는 느낌이었다.

결국 노형진은 그 느낌을 해결하기 위해 송정한을 불렀다.

"이상한 거 없습니까?"

"글쎄……."

송정한은 그 사진을 보면서 고개를 갸웃했다.

"난 모르겠는데."

"그런가요?"

"그래."

"착각인가?"

하지만 착각이면 한순간 지나갔어야 정상이다.

하지만 그 사진을 볼 때마다 뭔지 모를 불편한 감정이 노형진을 건드리고 있었다.

"이 형태…… 마치……."

노형진은 그 사진을 보다가 문득 도움을 청할 수 있는 사람이 생각났다.

그러면 도움을 줄 수 있을 것이라는 생각에 노형진은 황급히 전화기를 들었다.

"여보세요. 안녕하세요, 노형진입니다."

상대방에게서 들리는 목소리에 노형진은 환하게 대답을 했다.

"이 사진인가요?"

"네, 확대 사진도 가지고 왔습니다."

노형진이 찾아간 사람. 그 사람은 다름 아닌 이창직 소방관이었다.

그는 노형진을 구해 주고 노형진은 그를 도와서 소방관들이 받지 못한 임금을 해결해 준 적이 있었기 때문에 서로 연락을 주고받았던 것이다.

"뭔지 모르지만 왠지 거슬려서요."

"합선에 의한 화재라고요?"

"네, 경찰 말로는 그렇다고 하더군요."

"그래서, 누가 조사했습니까?"

"네?"

"그 조사 말입니다. 누가 했나요?"

"글쎄요, 그건 잘……."

노형진은 그에 대해서는 잘 모른다. 자신에게 온 것은 그저 서류뿐이니까.

"그래요? 그나저나 노 변호사님이 소방 쪽 일도 해 보셨나요?"

"네? 아니요. 왜 그러신가요?"

"아니, 이런 걸 어떻게 알았나 싶어서요."

이창직 소방관은 보고 있던 사진을 내려놨다. 그리고 한숨을 푹 쉬었다.

"이건 합선에 의한 화재가 아닌데요."

"네?"

노형진은 갑자기 소름이 돋았다.

뭔지 모를 느낌이 맞아떨어지는 순간이었던 것이다.

"합선에 의한 화재가 아니라고요?"

"네. 이 그을음 보이시죠? 마치 몽글몽글 피어오르는 것처럼 되어 있지 않습니까? 마치 구름처럼."

"네."

노형진은 이창직 소방관이 가리키는 곳을 뚫어지게 바라보았다.

확실히 노형진이 이상함을 느끼는 곳이었다. 왜 그런지는 모르지만 말이다.

"이런 형태는 유류에 의한 화재인 경우에 많이 나타납니다."

"유류요?"

"네."

"누가 불을 질렀다는 건가요?"

"글쎄요, 그건 모르겠습니다. 하지만 과거에 찍어 둔 사진을 봐서는 그건 불가능한데요."

과거 사진에 따르면 이곳에 사람이 접근하는 것은 불가능하다.

"그러면 혹시……."

노형진은 송정한이 말했던 것이 생각났다.

혹시나 강환우가 방화를 저지른 것이 아닐까 하는 의심.

하지만 이창직 소방관은 고개를 흔들었다.

"그것도 아니에요. 보다시피 화재는 처마 아래에서 시작되었습니다. 그런데 여기에 사람이 접근할 수는 없어요. 유류 화재였다면 위에서 기름을 뿌렸다는 건데, 그럼 이 지붕에 떨어지지 이 아래로는 안 들어가거든요. 처마 때문에 못 들어갑니다. 그러니까 누가 여기에 기름칠을 해서 불을 붙인다는 건 말도 안 되죠."

만일 방화하려고 했다면 일단 어떻게 해서든 저 좁은 공간에 들어가서 벽에다가 기름을 칠하고 불을 붙였다는 소리가 되는데, 그건 말도 안 되는 소리다.

어른은커녕 애 한 명도 들어가기 힘든 곳이니까.

"불이 다 똑같은 게 아닙니다. 화재 원인이 무엇이냐, 그리고 뭘 태우느냐에 따라 그 형태와 그을음도 다 달라집니다.

그런데 이 사진들을 보면 절대 합선에 의한 불이 아니에요."

합선에 의한 불은 시발점에서부터 날카로운 형태가 나오게 된다.

주변에 탈 것이 별로 없어서 천천히 타오르면서 날카로운 형태의 그을음을 남기는 것이다.

"하지만 이 사진에 나오는 그을음은 둥글둥글해요. 순식간에 벽을 타고 퍼졌다는 거죠. 그런데 딱 봐도 이 벽은 딱히 탈 게 없어요. 이런 형태를 가지는 건 보통 유류 화재인데 말이죠."

"흠……."

"그리고 이 사진을 보면 더 이해가 안 갑니다. 보세요, 생각보다 연기가 많죠?"

"그런가요?"

"네."

이창직은 다른 사진을 꺼내서 내밀었다.

"제가 전문가는 아니지만 일반인보다는 훨씬 많이 알죠. 일반적으로 화재가 나면 연기가 많이 납니다. 당연한 거긴 한데, 일반적으로 화학물질이 없으면 하얀 연기가 생기거든요. 그런데 이 사진을 보세요. 분명 화재 초반에 찍은 건데 검은 연기가 엄청 심해요. 결국 검은 연기를 낼 만한 다른 물질이 있었다는 뜻이지요."

이창직 소방관의 말에 노형진은 얼굴을 와락 찡그렸다.

'기억났다.'

왜 자꾸 그 사진이 거슬렸는지 노형진은 어렴풋이 기억이
났다.

회귀 전 미국에서 겪었던 화재 사건.

불이 나서 사람이 죽었던 사건.

노형진은 그 사건을 준비하면서 화재의 패턴에 대해 약간
공부했기에, 오래되기는 했지만 그게 이상하다는 것을 알아
차린 것이다.

"그럼…… 혹시 이게 호텔에서 시작되었을 가능성도 있나요?"

"전혀요. 그건 확실하네요. 전기가 아니긴 하지만, 화재의
시발점은 이 주택입니다."

"아…… ."

안타까운 한숨이 나오는 노형진이었다.

그런 노형진을 보면서 이창직은 사진을 건네며 물었다.

"저보다는 다른 분에게 물어보시는 게 어때요?"

"어떤 사람요?"

"저야 불을 끄는 사람이지, 불에 대해 조사하는 사람은 아
니잖습니까?"

노형진은 고개를 끄덕거렸다.

아무래도 다른 사람보다 좀 더 알 수는 있겠지만 다 알 수
는 없다.

"그러니까 화재 조사관에게 물어보시죠?"

"화재 조사관요?"

"네. 일반적으로 이런 걸 조사하는 건 그들이거든요."

"아아."

노형진은 대충 누군지 알 것 같았다.

과거 교통사고에 관련해서 손해 사정인과 일했듯이 화재의 경우에도 그런 걸 조사하는 사람이 있다.

"그 사람들이라면 좀 더 자세하게 알지도 모릅니다."

"흠……."

노형진은 곰곰이 생각에 잠겼다.

확실히 그때도 화재 조사관이라는 사람에게 도움을 받기는 했다.

"하지만 경찰도 화재 조사관에게 협력받았을 텐데요."

이창직은 묘한 얼굴이 되었다.

노형진은 그 표정이 무슨 의미인지 알고 있었다.

"하긴, 그렇기는 하죠?"

"네."

화재 조사관은 기본적으로 소방관이다. 특정 교육을 12주 이상 받으면 응시할 수 있는데, 그 교육을 받는 사람들은 소방관뿐이니까.

그렇게 선발된 사람은 화재 같은 걸 조사하는 데 투입된다.

그리고 경찰 같은 사람들과 일하는 자리는 한정되어 있다.

더군다나 강환우는 아주 부자다.

'이 세 가지만으로도 답은 어느 정도 나오네.'

뻔하다.

적당하게 조작해 주는 것. 그리고 책임을 면해 주는 것.

"아무래도 이런 건 돈과 관련이 있으니까요."

"그래도 소방관인데……."

"소방관이라고 다 착한 건 아닙니다."

노형진은 침을 삼킬 수밖에 없었다.

그 말이 사실인 걸 알고 있기 때문이다.

"그러면 믿을 만한 사람을 알고 계십니까?"

"현직은 아무래도…… 여러 가지로 곤란하겠지요?"

"아무래도 그렇겠지요."

"그럼…… 은퇴하신 분이 계십니다. 그분이라면 해 주실 지도 모르겠습니다."

"은퇴요?"

"네."

이창직은 자기 전화기에서 어떤 번호를 찾아내서 건넸다.

"이쪽으로 한번 연락해 보십시오."

"음…… 알겠습니다."

노형진은 고개를 끄덕거리며 전화번호를 받았다.

⚖️

"심학규 선생님이십니까?"

노형진은 커피숍으로 들어오는 남자를 보고 자리에서 일어났다.

나이에 비해 건장해 보이는 남자.

그런 남자는 드문 게 현실이고, 소방관은 그 범주 안에 들어간다.

"그렇습니다. 노형진 변호사님입니까?"

"네. 이쪽은 송정한 변호사님이십니다. 저랑 같이 사건을 담당하고 있습니다."

인사를 건네는 송정한.

인사를 받은 심학규는 단도직입적으로 이야기를 꺼냈다.

"뭐, 소일거리가 있다고 해서 왔는데요."

심학규는 웃으면서 자리에 앉았다.

"화재 조사관을 하시다가 은퇴하셨다고 들었습니다."

"뭐, 나이 먹으면 아랫사람을 위해 비켜 줘야지요."

"그래서 부탁드릴 게 있어서 왔습니다."

"부탁?"

"네. 화재 현장에 대한 감식을 좀 해 주시기 바랍니다. 보수는 200만 원 드리겠습니다."

"뭐, 나도 놀고 있는 입장이니 그 정도면 만족스럽군요."

심학규는 노형진과 송정한에게 손을 내밀었다.

물론 돈을 달라는 뜻이 아니었다.

송정한이 사건 파일을 건넸고, 그는 그걸 쭉 살피기 시작했다.

"발화 위치가 애매하군요."

"그래서 저희가 조사 중입니다."

노형진이 사건에 대해 간략하게 설명하자, 심학규는 어이없다는 표정이 되었다.

"별 개놈의 새끼가 다 있네요."

"그러니까요."

"그런 개 같은 새끼한테 한 방 먹이고 싶지만……."

그는 사진들을 탁 덮었다.

"이건 명백하게 이 작은 집에서 불이 난 겁니다. 호텔이 아니라요."

"아……."

심학규는 확실히 돈을 받았다고 해서 거짓말을 해 줄 사람은 아니었다. 그렇기 때문에 이창직 소방관이 그를 추천해 준 것이다.

그의 소견은 간단했다.

"화재는 명백하게 작은 집에서 시작된 겁니다. 그을음이나 화재의 패턴도 그렇고 말이죠."

"그렇군요."

송정한은 안타까운 얼굴이 되었다.

몇 번이나 확인했는데 더 이상 도와줄 방법이 없었던 것이다.

"그건 저도 압니다."

이것이 법이다

노형진은 이미 그 사실에 대해 이창직에게 들어서 실망하지는 않았다. 알고 있었던 것이다.

그럼에도 불구하고 노형진이 그를 만난 것은 다른 이유에서였다.

"그러면 이건 전기로 인한 화재는 아닌 건가요?"

"예, 아닙니다."

"그런데 왜 경찰에서는 전기에 의한 화재라면서 이 집을 지목했을까요?"

"글쎄요."

그 부분이 확실히 이상했는지 다시금 사진을 살피던 심학규는 얼굴을 와락 찡그렸다.

"왜 그러십니까?"

"아는 새끼군요."

"새끼?"

노형진은 고개를 갸웃했다.

아는 새끼라는 말이 나왔다는 건 누군가 저기에 이름을 아는 사람이 있다는 건데, 새끼라는 말은 무척이나 경멸의 의미를 가지고 있기 때문이다.

"이 화재 조사관 말입니다."

심학규는 조사했다고 되어 있는 이름을 가리켰다.

이해만.

조사관의 이름이었다.

"제가 아는 놈입니다. 같이 일했지요. 그때는 소방관이었습니다. 이 녀석이 조사관이 될 거라고는 생각도 못 했는데."

"그런데 새끼라니요?"

소방관들의 우정은 상상을 초월한다. 함께 목숨을 걸고 불을 끄기 때문이다.

그런데 같이 일했던 사람보고 새끼라니? 이해할 수 없는 언동이었다.

"이 녀석, 문제가 좀 많습니다. 아니, 많았지요."

심학규는 노형진에게 그에 대해 설명해 줬다.

소방관인데 전형적인 비리형 공무원이라는 것이다.

일하는 거 싫어하고 어떻게 해서든 빠져나가려고 하며, 심지어 출동하는 것도 귀찮아하던 녀석.

"인성은 안 보고 뽑으니 이딴 쓰레기가 들어온 거죠."

"그런데 왜 화재 조사관이 된 걸까요?"

"화재 조사관은 불 끄는 사람이 아니니까요."

그는 가서 불이 왜 났는지만 판단하는 사람이다.

당연히 일하기 싫어하는 그로서는 최상의 선택이었을 것이다.

"그래도 일만 제대로 한다면야……."

"제대로 할 녀석이 아니니까 문제죠. 전형적인 비리 공무원입니다. 아니, 그렇게 될 만한 싹이 보였지요."

소방관은 돈이 생길 만한 자리가 아니다.

당연히 딱히 뇌물이 들어오거나 돈을 챙길 만한 곳은 없다.

"하지만 화재 조사관은 이야기가 다르죠."

"네?"

"스파크에 의한 화재와 전기에 의한 화재의 차이점은 아십니까?"

노형진은 고개를 갸웃했다.

스파크는 불똥이 튀는 거고 전기에 의한 화재도 전기 때문에 불똥이 튀는 거다. 그런데 그 차이라니?

"잘 모르겠습니다."

"이 두 개는 엄청나게 큰 차이가 있지요."

스파크에 의해 화재가 났다고 하면 그 가능성은 다양해진다. 거기에는 정전기 같은 불가항력한 부분도 포함되기 때문이다.

하지만 합선이라고 표기하면 그건 건물주에게 책임이 전가된다.

"그럼 스파크는 법적인 책임이 없어지는데 합선은 책임이 있다는 뜻이군요."

"네. 그리고 그걸 쓰는 게 바로 화재 조사관입니다."

노형진은 대충 알 것 같았다.

화재가 발생하면 여러 가지 법적인 문제가 생긴다. 그런데 화재 조사관이 보고서를 조금만 고쳐서 내면 불가항력으로 발생한 것이 될 수 있고, 결과적으로 그 사람은 어떤 책임도 지지 않게 되는 것이다.

"적지 않게 받겠군요."

"네."

단순 벌금의 문제가 아니라 손해배상이라는 점도 있다.

그런 만큼 질이 좋지 않은 놈들은 화재 조사관에게 로비하기도 한다.

"그런데 확실히 이상하군요."

심학규는 사진을 보면서 얼굴을 찌푸렸다.

확실히 이 화재는 작은 집에서 시작되었다. 그런 만큼 딱히 조작하지 않아도 그 배상 책임은 강석현에게 있다.

'그런데 왜 보고서를 조작했을까?'

더군다나 합선과 유류에 의한 화재는 그 패턴이 확실하게 다르다. 만일 아는 사람이 본다면 확실하게 이상하다는 것을 느꼈을 것이다.

그런데 그걸 무리해서 바꾼 이유는 무엇일까?

"다른 이유가 있을까요?"

"글쎄요……."

심학규도 이해하기 힘든 얼굴이었다.

"도대체 왜 이런 걸 했는지 모르겠군요. 그럴 필요가 없는 사건인데요."

"뭔가 감춘다는 뜻인가?"

"네."

송정한의 질문에 노형진은 고개를 끄덕거리면서 말했다.

"감추는 게 맞습니다. 그런데 그게 뭔지를 모르겠네요."

노형진은 조용히 사진을 계속 살폈다.

아무리 봐도 이유를 알 수가 없었다.

'이유를 알 수 없는 화재. 화재가 난 곳도 이상하고, 더군다나 기름에 의한 화재라는데…… . 기름에 의한 화재가 왜 거기서 나지? 애초에 기름하고는 전혀 상관없는 위치인데?'

그렇게 한참을 바라보던 노형진.

그런데 그런 노형진의 눈에 보인 것이 있었다.

"어?"

"왜 그러나?"

"창문 형태가 이상해서요."

"창문? 다 깨진 창문이 뭐가 이상한데?"

"그러니까요. 이거 보이십니까?"

"응?"

노형진이 사진을 들이밀어서 어느 지점을 가리키자 그곳을 바라보는 송정한.

송정한은 그걸 보다가 확실히 이상하다는 생각이 들었다.

"창문틀이…… 좀 짧네?"

"네."

불이 나서 그을리고 유리창이 완전히 깨진 곳인데 이상하게 창문 중 하나의 높이가 다른 곳보다 낮았다.

문제는 그 위에 다른 창문이 있는 것도 아니고 텅 비어 있었다는 것.

"깨진 거 아닐까?"

"흔적이 다른데요."

아무리 창문이 깨졌다고 해도 그곳에 유리가 있었다면 다른 흔적이 있어야 정상이다.

하지만 아무리 봐도 이곳은 흔적이 다른 곳과 달랐다. 너무 깨끗하다고 할까?

"무슨 창문을 이렇게 설계했지? 이러면 위가 뻥 뚫려 있는 셈이잖나?"

무심결에 넘어갔던 부분을 다시 보며 송정한도 이상하다는 생각을 했다.

화재가 난 집에만 집중했지, 다 부서진 호텔의 창문은 생각하지 않았던 것이다.

"흠……."

노형진은 그걸 보다가 문득 자리에서 벌떡 일어났다.

"어, 노 변호사? 어디 가나?"

"잠시만요!"

"노 변호사?"

노형진이 후다닥 뛰어나가자 황급히 일어나는 송정한.

심학규도 그가 뭔가를 발견한 듯하자 황급히 노형진을 따라서 바깥으로 나갔다.

"아니, 어딜 가는 건가?"

송정한이 부랴부랴 계산을 마치고 나오자 노형진은 멍하니 하늘을 바라보고 있었다.

"하늘은 왜?"

"하늘이 아닙니다."

노형진이 바라보고 있었던 곳은 하늘이 아니라 맞은편 상가였다.

그는 그 상가 벽 쪽에 붙어 있는 창문을 바라보고 있었다.

"저거, 어쩐지 형태가 비슷하지 않습니까?"

"응?"

노형진의 말에 사진을 들어서 그 창문과 비교해 보는 송정한.

"확실히 비슷하군."

창문 구석에 난 구멍. 그리고 위는 텅 비어 있는 형태.

하지만 사진과 다르게 그곳에는 커다란 연통 두 개가 달려 있었다.

"저건?"

"고깃집이군요."

뒤에서 다가오면서 말을 하는 심학규 조사관.

노형진은 황급히 기록을 살피면서 그 호텔에 입점한 업소들을 확인하기 시작했다.

"노 변호사님도 같은 생각을 하시는 모양이군요."

"같은 생각이라니요?"

노형진이 찾는 데 방해될까 싶어 심학규는 송정한에게 차근하게 설명하기 시작했다.

"고기에서는 상당히 많은 양의 기름이 나옵니다. 대부분은 아래로 떨어지지만 일부는 위로 올라가지요. 그리고 그걸 보통 유증기라고 하지요."

"그런데요?"

"그런데 그 유증기도 기름입니다."

"기름요? 기름도 증발합니까?"

수분이 증발한다는 말은 들어 봤어도 기름이 증발한다는 말은 처음 들은 송정한은 고개를 갸웃했다.

"일반적인 경우라면 증발하지 않지요. 하지만 고기를 구울 때 나오는 온도는 높습니다. 그 정도 온도에서는 기름도 충분히 증발합니다. 그래서 가끔 그런 화재가 납니다. 그걸 보통 유증기에 의한 화재라고 하지요."

"유증기에 의한 화재?"

"네."

고기를 구울 때 나오는 연기에는 적지 않은 동물성기름이 포함되어 있다. 그리고 연통은 그런 동물성기름과 연기를 바깥으로 빼내는 역할을 한다.

그렇지만 그 역할을 할 때 곤란한 문제가 하나 있다.

바로 해당 유증기가 급격하게 식으면서 그 안에 달라붙는다는 것이다.

"가끔 그런 경우가 있습니다. 해당 유증기가 그 연통 안에 달라붙는 거죠."

"그거랑 화재랑 무슨 관계가 있나요?"

"있습니다. 제가 활동하면서도 그런 사건을 몇 번 봤거든요."

그렇게 유증기가 쌓이지만 그 안을 청소하는 가게는 거의 없다.

즉, 시간이 지나면 지날수록 그 연통 안에는 엄청난 양의 기름이 쌓이게 되는 것이다.

"그런데 그렇게 기름과 먼지가 쌓이면 위험하게 변할 수가 있습니다."

먼지를 빨아들인다는 건 열기도 함께 빨아들인다는 뜻이다.

"그런데 수십 대의 화로에서 나오는 열기가 얼마나 뜨거울지 생각해 보셨습니까? 그걸 연통 하나로 모아서 바깥으로 빼내지요."

"아!"

송정한은 그제야 상황이 이해가 갔다.

자신은 전혀 생각하지 못한 원인이었다.

"그러니까 그 열기로 인해 불이 났다는 말씀이신가요?"

"그럴 수가 있지요."

상당 기간 쌓인 기름 성분. 거기에 범벅이 된 먼지들.

먼지들이 열기를 이기지 못해 불이 나면 그 불은 기름 성분을 타고 쫙 퍼지게 된다.

"그리고 공기는 계속 바깥으로 밀려가지요."

"그러면?"

"네, 그러면 그 불은 연통을 타고 바깥까지 가게 됩니다."

이번 대답을 한 건 노형진이었다.

그는 아까 보던 사진을 꺼내서 위치를 비교하기 시작했다.

"그 유증기는 연통뿐만 아니라 바깥에 있는 벽에도 붙게 되죠. 마지 저 건물처럼요."

확실히 연통 너머의 건물 벽은 덕지덕지 기름기가 가득한 것이 보였다.

"그런 상황에서 연통 내부에 불이 붙으면 불은 나갈 곳을 찾습니다. 아래는 불가능하죠. 계속 연기와 공기가 흡입되니까. 시간이 충분하다면 연통을 녹이고 나가겠지만, 그 시간은 상당히 오래 걸리죠."

그러면 당연히 불은 그 연통을 타고 바깥으로 번질 것이다. 연통이라는 밀폐된 공간을 넘어서 말이다.

"그리고 벽에 붙겠지요."

노형진은 그 구멍 난 창문과 벽이 같이 찍혀 있는 사진을 찾을 수 있었다.

정확하게 맞은편이었다.

"벽에는 이미 그동안 토해 낸 유증기 덕분에 기름이 덕지덕지 붙어 있었을 테니……."

"불이 붙었겠군."

"네, 하지만 최초의 불은 아마 그곳에서 시작된 걸로 보일 겁니다."

연통 안은 볼 수가 없다.

그러니 사람들은 불이 시작된 지점이 그곳이라고 볼 수밖에.

"그러니까 안쪽에서 불이 나고 연통에서 나와서 옮겨붙었다?"

"네."

"흠……."

심학규는 조용히 자신의 턱을 쓰다듬었다.

"그러면 이해만이 그렇게 쓴 이유가 맞군요."

"맞다고요?"

"네. 이해만이 나쁜 놈이기는 하지만 합선과 유류 화재를 구분 못 할 정도로 멍청한 놈은 아닙니다. 그런데도 합선으로 썼다는 건……."

"뇌물을 받아먹었다는 뜻이죠."

노형진의 추정이 맞는다면 도리어 강석현이 강환우로부터 손해배상을 받아야 한다.

그렇게 되면 강환우로서는 자신의 계획이 틀어지게 되는 것이다.

"그래서 합선으로 썼군요."

심학규는 얼굴을 살짝 찡그렸다.

만일 유증기에 의한 화재라고 쓴다면 경찰이나 소방관이 의심할 것이다. 거기는 기름이 들어갈 자리가 아닐 테니까.

그러면 당연히 주변을 조사할 테니 그곳에 고깃집이 있었다는 사실을 알아낼 것이다.

"경험이 많은 소방관은 고깃집 유증기에 의한 화재라는 걸 알아낼 겁니다. 그렇게 되면 도리어 상황이 뒤집히니까요."

그러니 이해만은 화재 패턴이 뻔하게 보임에도 불구하고 어쩔 수 없이 합선에 의한 화재라고 쓸 수밖에 없었을 것이다.

"그리고 강환우는 이 기회를 놓칠 수 없었고요."

화재가 자신의 건물 연통에서 난 것만 감출 수 있다면 강석현의 집을 빼앗을 수 있다. 그러면 그곳에 주차장을 세우고 많은 손님을 받을 수 있다.

"결국 어떻게 해서든 사건을 바꾸려고 한 거군요."

노형진은 사실을 알아채고는 이를 뿌드득 갈았다.

"그러면 어떻게 하나? 증거를 찾아봐야 하나?"

"일단 현장을 확인해 보죠. 그게 최우선인 듯합니다."

노형진의 말에 송정한은 고개를 끄덕거렸다.

⚖️

"여긴가 보군요."

호텔 2층에 자리 잡은 고깃집.

거기에는 주로 삼겹살을 판다고 써 있었다.

"호텔에 삼겹살집이라…… 흔하지는 않군요."

"뭐, 아예 없는 건 아니니까요. 하지만 삼겹살이라…… 확

이것이 법이다

실히 가능성이 높아집니다."

노형진의 말에 심학규는 입을 열었다.

"삼겹살은 다른 고기에 비해 기름의 함량이 무척이나 높습니다. 더군다나 소고기와 다르게 바짝 익혀서 먹는 고기다 보니 상대적으로 유증기가 많이 나오는 곳이지요."

"그런가요?"

노형진은 굳게 닫혀 있는 문에 매달려서 이리저리 안쪽을 둘러봤다.

자리마다 설치된 연통은 가운데 있는 중앙의 커다란 연통으로 연결되어 있었고, 그 연통은 어떤 방향으로 이어져 있었다.

"끝이 안 보는군요. 일단 사진을 찍어야……."

노형진이 사진기를 꺼내서 찍으려는 순간 등 뒤에서 들리는 고함 소리.

"이 새끼들이 여기가 어디라고 기어들어 와!"

고개를 돌려 보니 강환우가 눈을 부라리면서 일행을 노려보고 있었다.

"이 새끼들아! 여기가 어디라고 함부로 기어들어 와! 앙!"

"우리가 못 올 곳에 왔습니까?"

"그래!"

발끈하는 그를 보면서 노형진은 직감적으로 그가 뭔가를 감추고 있다는 사실을 알아차렸다.

"아니, 우리가 여기에 온 게 무슨 잘못입니까? 우리는 사건을 수사 중입니다."

"너희가 무슨 수사관이야? 수사관이냐고!"

버럭버럭 소리를 지르는 강환우.

송정한은 그런 그를 보고 노형진을 돌아보았다. 노형진의 손이 부정확하게 뒤로 가 있었기 때문이다.

노형진은 그런 송정한에게 눈빛으로 신호를 보내자, 송정한은 그 의도를 알아채고 전면으로 나섰다.

"수사관은 아니지만 변호사죠. 변호사 업무를 방해하면 처벌받는 거 아십니까?"

"처벌? 처벌? 이 새끼가 미쳤나? 여기 내 호텔이야! 알아! 가택침입이라고!"

"호텔은 공용 시설로 분류됩니다. 가택침입이 성립하지 않지요."

소리를 버럭버럭 지르는 강환우에게 지지 않고 도리어 언성을 높이면서 싸움을 거는 송정한.

"이 새끼들이 증말……. 경비! 경비는 뭐 하는 거야!"

결국 화가 난 강환우는 경비원을 부르기 시작했다.

그렇게 송정한이 강환우를 도발하면서 싸움을 거는 사이, 노형진은 슬쩍 카메라를 뒤로해서 사진을 열심히 찍은 뒤 뒷주머니에 넣었다.

그리고 마치 송정한을 진정시키는 것처럼 자연스럽게 그

를 물러나게 했다.

"자, 자! 진정하세요, 송 변호사님."

"아니, 내가 지금 진정하게 생겼어!"

"일단 저 사람 건물인 건 맞습니다. 그러니까 일단은 물러나죠."

"못 물러나!"

"자, 자! 진정하시고."

경비원이 오고 결국 분위기가 험악해지자 어쩔 수 없이 물러나는 송정한.

노형진과 송정한 그리고 심학규가 호텔 바깥까지 나올 때까지 강환우는 뚫어지게 그들을 바라봤다.

"들어갔나?"

"네."

노형진은 고개를 끄덕거렸다. 그러자 송정한은 안도의 한숨을 내쉬었다.

"다행이구먼. 그나저나 잘못 자극한 거 아닌지 모르겠군."

송정한은 걱정스럽게 말했다.

그럴 수밖에 없는 게, 자신들이 그 가게에 도착하자마자 강환우가 도착했다. 즉, 그 가게를 감시하고 있었다는 소리다.

"보아하니 강환우라는 사람은 유증기에 의한 화재라는 걸 아는 것 같더군요."

심학규는 심각한 얼굴로 고민했다.

자신은 변호사가 아니지만 소방관 노릇을 하면서 사람들이 뭘 감추고 싶어 하는지 알 정도는 되었기 때문이다.

　　"알 겁니다. 그러니까 그걸 감시하겠지요."

　　"그러면 괜히 자극한 건가?"

　　노형진은 고개를 흔들었다.

　　"사실 확인을 위해 간 것도 있지만 자극하기 위해 간 것도 있습니다."

　　"자극을 위해서?"

　　"네."

　　"아니, 왜?"

　　"우리는 저기에 못 들어가니까요."

　　노형진의 말에 송정한은 고개를 갸웃했다.

　　자신들이 못 들어가는 건 맞다. 화재로 인해 문이 잠겨 있으니까.

　　"그러니까 우리가 못 들어간다면 저 안에 있는 것들보고 나오라고 해야지요. 후후후."

　　노형진은 이미 계획이 있었고, 그걸 착착 실행하고 있었다.

　　"나오게 한다고?"

　　"네."

　　그리고 그게 강환우의 가장 큰 실수가 될 것이다.

증거 받아요

우당탕, 쿵쾅. 호텔은 한창 시끄러웠다.

화재로 인해 일부가 파손되자 그걸 리모델링한다고 다 뜯어내고 있었기 때문이다.

"돈을 받아서 하려고 하더니 갑자기 서두르는군."

"우리가 찾아갔으니까요."

애초에 강환우는 리모델링을 하려고 하지 않았다.

강석현에게서 돈을 받거나, 하다못해 땅이라도 빼앗은 후에 하려고 했다.

그런데 갑자기 마음을 바꿔서 리모델링을 시작한 것이다.

가장 먼저 시작한 곳은 다름 아닌 2층에 자리 잡은 삼겹살집이었다.

"우리가 그곳에 관심을 가진 게 거북스럽겠지요."

"흠……."

노형진의 말에 고개를 끄덕거리는 송정한이었다.

"그래서 바로 공사를 시작한 건가?"

"그럴 겁니다. 증거를 없애야 하니까요."

외부에 나와 있던 배관은 화재로 인해 없어졌지만 내부에 있는 배관은 없애는 것이 쉬운 일이 아니다.

제대로 공사하면서 뜯어내야 하니 말이다.

"그리고 그걸 다급하게 한다는 건, 뭔가 감춰야 한다는 뜻이지요."

"거참……."

노형진이 다짜고짜 들어가자고 했을 때 좀 위험한 거 아닌가 했더니 진짜로 공사를 할 줄이야.

"그러면 곤란한 거 아닌가?"

"곤란해요?"

"그래, 증거가 저 안에 있는데."

노형진이 피식 웃었다.

"송 변호사님, 제가 뭐라고 했습니까? 내부에 우리가 들어가지 못하니까 안에 있는 것들이 나와야 한다고 했지요?"

"그렇지."

"그래서 원하는 대로 되었잖습니까?"

송정한은 커다란 폐기물 통을 바라보았다.

뜯어진 폐기물들은 그곳에 담겨서 옮겨질 준비를 하고 있었다.

"하지만 저걸 어떻게 가지고 오나?"

"그건 어려운 일이 아니지요, 후후."

"폐기물을 사시겠다고요?"

폐기물 처리 업체의 사장은 고개를 갸웃했다.

살다 살다 폐기물을 사겠다는 사람은 처음 보았기 때문이다.

"네. 이번에 호텔에서 가지고 온 폐기물 있지요? 그 삼겹살집에서 나온 거. 그걸 좀 사고 싶은데요."

"음…… 그건 왜요?"

"필요하니까요."

폐기물 업체 사장은 곤란한 표정이 되었다.

"목적도 없는데 그걸 달라고 하시면……."

"아, 현행법을 위반할 생각은 없습니다."

가끔 이런 녀석들이 있다.

뭔가 매립해야 하는데 흙을 사기 아까우니 폐기물을 사다가 채우려고 하는 녀석들.

그런데 그건 불법이기 때문에 사장은 당연히 곤란해하는 얼굴이 되었다.

"그럼요?"

"그 안에서 확인할 게 있어서 그럽니다."

노형진은 싱긋 웃으면서 그에게 봉투를 하나 내밀었다.

"이건?"

"300만 원입니다."

업체 사장의 눈이 잔뜩 커졌다.

사실 폐기물을 처리하려면 저 큰 통 하나에 50만 원 정도의 비용이 든다.

"제가 요구하는 걸 주시면 그걸 드리겠습니다."

"이 돈을 주신다고요?"

"네."

"으음…….."

그는 심각하게 고민하기 시작했다.

만일 매립한다고 하면 자신은 곤란해진다.

'하지만…… 고작 한두 개인데…….'

매립한다고 하면 고작 한두 개로는 안 된다.

그런데 눈앞에 있는 남자는 그렇게 많이 요구하지 않는다. 한두 개 정도.

"어떻게, 생각 없으십니까?"

노형진은 빙긋 웃으면서 그를 바라보았다.

그리고 마지막 카드를 더 던졌다.

"두 번째 통에 대해서는 200만 원을 더 드리지요."

"좋습니다. 가지고 가세요."

폐기물 업자는 고개를 끄덕거렸다.

⚖️

"많기도 하구먼."

송정한은 빌린 공터에 놓인 폐기물 통을 보면서 혀를 내둘렀다.

커다란 트럭에는 온갖 잡다한 쓰레기가 가득 차 있었다.

"아마 이게 우리한테 올 거라고는 강환우는 생각도 못 했을 겁니다."

"그렇겠지."

송정한은 고개를 끄덕거렸다.

물론 강환우는 자신이 믿을 만한 철거 업자를 불렀다. 그러니 그에게서 받는 건 불가능했다.

"하지만 폐기물 처리 업자는 그렇게 많지 않거든요."

철거 업자는 철거만 할 뿐이고, 폐기물 업자는 그걸 가지고 와서 처분한다.

"강환우는 철거 업자만 생각했지, 폐기물 업자는 몰랐을 겁니다."

"그렇겠지."

폐기물 업자는 당연히 강환우에 대해 알지 못하니 노형진에게 폐기물을 판 것이다.

"일단 확인부터 하죠."

심학규 조사관은 그렇게 대화하는 노형진과 송정한을 불러들였다.

"이 안에 분명히 연통이 있을 겁니다. 가장 먼저 철거하는 것 중 하나니까요."

노형진은 고개를 끄덕거리면서 폐기물 통으로 갔고 송정한은 한숨을 쉬었다.

하얀 작업용 장갑에 추리닝까지 입은 그는 폐기물을 보면서 얼굴을 찡그렸다.

"내 참…… 변호사로서 별짓을 다 하는군."

"그래야지요. 놀고먹는 변호사가 싫어서 새론을 만든 거 아닙니까?"

"그건 그렇지만."

결국 툴툴거리면서 폐기물 더미를 뒤지기 시작한 그들.

그렇게 얼마나 지났을까? 노형진은 폐기물 더미 안에서 뭔가를 찾아서 번쩍 꺼내 들었다.

"찾았습니다!"

그건 납작하게 찌그러져 있는 연통이었다.

"더 찾아볼까요?"

"일단 실험부터 해 보죠."

심학규는 서둘러 폐기물 더미에서 나왔고, 다른 곳을 뒤지던 송정한 역시 그곳을 나와서 노형진에게 다가왔다.

"안의 상태를 봅시다."

노형진은 그 안에 막대기를 쑤셔 넣고 강제로 펴기 시작했다.

그 순간 풍기는 역한 냄새.

"윽."

"이게 무슨……."

"유증기 냄새입니다. 심하군요."

"기름 냄새가 이렇게 독하다고요?"

"유기물이 포함된 유증기니까요."

"윽……."

정제된 기름도 아니고 삼겹살을 구우면서 쌓인 유증기다.

그것도 몇 년씩 쌓여 온 기름이니 냄새가 이만저만 역한 게 아니었다.

"심각하군요."

강제로 벌어진 안쪽을 손전등으로 비추던 심학규는 강제로 벌린 나무를 바라보았다.

그 나무에는 찐득하게 뭔가 잔뜩 묻어 있었다.

"불이 나도 이상하지 않을 상황입니다."

"그런데 이런다고 불이 붙을까요? 정제된 기름도 아니고."

송정한은 그게 의심스러웠다.

만일 기름 때문에 불이 붙는다면 삼겹살은 익는 게 아니라 타야 정상 아닌가?

"이런 동물성기름은 확실히 불이 잘 안 붙기는 하지요. 하지만 일반적으로 흡입할 때는 먼지가 같이 들어가거든요."

먼지는 대부분 아주 미세하다. 그리고 기름에 비해 불이 잘 붙는다.

"그게 촉매 역할을 합니다. 한번 보세요."

그는 벌어진 연통을 안전한 자리에 두고 그 안에다가 토치로 살짝 불을 붙였다.

"어?"

처음에 붙은 불은 위태롭게 흔들리더니 꺼져 버렸다.

"어?"

송정한은 당황했다.

내부에 불이 확 붙을 줄 알았는데 순식간에 꺼져 버린 것이다.

"왜 이럽니까? 분명히 연통에서 화재가 났다고 하지 않으셨나요?"

"실험이니까 보여 드리는 겁니다. 이게 일반적인 상황이지요. 이 상태에서는 쉽게 불이 안 붙습니다. 하지만 주변에 열기가 충분하면 이야기가 달라집니다."

심학규는 미리 준비한 열풍기로 그 안에 충분히 열기를 가했다.

고약한 냄새가 더 심해지면서 끈적하던 기름이 녹기 시작했다.

이것이 법이다

"이게 영업 중인 상태의 연통입니다."

그는 다시 그곳에다가 불을 붙였다.

그러자 아까와는 확실히 달랐다. 불은 꺼지지 않고 점점 연통을 타고 퍼져 나가기 시작했다.

"헐."

연통의 양쪽 끝으로 꾸역꾸역 검은 연기와 불꽃이 쏟아지더니 연통 내부는 말 그대로 불로 가득 차서 한쪽으로 쏠리기 시작했다.

"보다시피 이렇게 불이 안 꺼집니다. 이 열풍기가 연기를 흡수하는 연통 노릇을 하는 셈이지요. 끊임없이 새로운 산소를 불어 넣습니다. 동시에 불길을 반대쪽으로 밀어내지요. 그리고 아실지 모르겠지만 터널 공동화 현상이라는 게 있습니다. 말 그대로 터널에서는 공기의 흐름이 빨라지는 걸 뜻하죠. 수십 개의 흡입기에서 나온 바람은 더 빨라질 테니 더욱 강력하게 불길을 밀어낼 겁니다."

그러면서 심학규는 열풍기를 강하게 틀었다. 그 순간.

푸확!

"으악!"

송정한은 비명을 지르면서 뒤로 물러났고 노형진 역시 깜짝 놀라서 주춤거렸다.

"보다시피 반대쪽 입구는 거의 화염방사기 수준입니다."

짧은 터널인데도 불구하고 한쪽으로 불이 마구 쏟아져 나오는 연통.

"만일 이 건너편에 벽이 있었다면 당연히 그곳은 기름 범벅일 겁니다. 아무리 상대적으로 굳어 있다고 해도 이 정도 불길에서는 어쩔 수 없이 불이 붙지요."

"이 정도면 기름이 없어도 붙겠습니다."

뿜어져 나오는 불길을 보면서 노형진은 혀를 내둘렀다.

예상은 했지만 생각보다 불길이 더 강했다.

'짧은 연통에서도 이 정도인데 긴 거라면……'

드디어 재판을 뒤집을 수 있다는 생각에 노형진의 얼굴이 환해지기 시작했다.

"재판장님, 이번 사건은 피고 측의 주택에서 시작된 화재로 인해 발생한 피해가 막심합니다. 피고는 해당 주택을 제대로 관리하지 못해 화재가 발생하였고 그 때문에 호텔 측에 무려 20억에 가까운 피해를 입혔습니다. 피고가 아무리 학생이고 불우한 가정환경을 가지고 있다고 하나 이는 명백하게 큰 문제인 만큼 그 배상을 하는 것이 마땅하다고 생각합니다."

강환우는 화려한 변호인단을 데리고 소송의 전면에 나섰다.

어떻게 해서든 그 집을 빼앗아야 하는 상황인 만큼 쉽게 물러날 생각은 결코 없었던 것이다.

"피고 측, 할 말 있습니까?"

판사는 불쌍한 시선으로 강석현을 바라보았다.

그가 봤을 때 이번 사건은 이길 수 있는 방법이 없었다.

애초에 화재의 원인이 그 집인 이상 그 배상 책임은 강석현에게 있는 것이다.

"재판장님."

노형진이 자리에서 일어나서 재판장을 바라보았다.

"그 부분에 대해서는 말도 안 되는 주장이라고 말씀드리고 싶습니다. 일단 피고 측이 주장한 합선에 의한 화재는 허구입니다."

"허구?"

"네. 해당 주택의 설계에 따르면 해당 주택의 그 위치에는 지나가는 배선이 없습니다."

"그거야 흔한 일 아닙니까? 배선을 바꾸는 건 흔한 일입니다."

상대방 변호사는 아주 작심한 듯 노형진을 공격했다.

'그래, 적지 않게 받았을 테니까.'

노형진도 그 부분에 대해서는 알고 있다.

그렇지만 그렇다고 해서 져 주고 싶은 생각은 없었다.

"그리고 결정적으로 해당 화재의 패턴은 합선에 의한 것이 아닙니다."

"뭐라고요?"

"그게 대체 무슨 말입니까?"

"이를 증명하기 위해 전문가분을 증인으로 신청하겠습니다."

판사는 고개를 끄덕거렸다.

잠시 후 심학규가 증인석에 올라왔다.

그는 단정한 복장으로 판사에게 인사하고는 증인석에 앉았다.

"증인, 증인은 소방관으로서 얼마나 근무했습니까?"

"35년 근무했습니다."

"그러면 화재 조사관으로 근무한 기간은 그중 얼마나 됩니까?"

"20년입니다."

"그러면 화재에 대해 잘 알고 있겠네요?"

"네."

노형진은 고개를 끄덕거리면서 한 장의 사진을 건넸다.

"이 사진은 어떤 화재에 의한 사고입니까?"

그러자 심학규가 그걸 흘낏 보더니 입을 열었다.

"이건 합선에 의한 화재입니다."

"거봐요!"

득의양양하게 소리를 지르는 강환우 측 변호사.

노형진은 그런 그를 보면서 비웃음을 날렸다.

"제가 보여 드린 것은 이번 사건에 관련된 사진이 아닙니다."

"어⋯⋯."

할 말을 잃어버리는 변호사.

노형진은 이번에는 다른 사진을 보여 줬다.

"그럼 이건요?"

"유류에 의한 화재입니다."

"그 둘의 차이가 뭐죠?"

"불이 나면 최초 발화 지점을 찾는 게 중요합니다. 그래야 화재의 원인을 알아낼 수 있으니까요. 그리고 그 최초 발화 지점은 최초 원인에 따라서 그 그을음의 형태가 달라집니다. 합선의 경우 일반적으로 탈 것이 적기 때문에 불꽃이 날카로운 형태를 많이 취합니다. 그 상태로 여기저기 번지는 것이지요. 그에 반해 유류 화재의 경우, 불이 태울 것이 무척이나 크기 때문에 불꽃의 형태가 커지면서 마치 구름 같은 형태가 나옵니다."

"그러면 이 사진에서 보이는 건 어떻습니까?"

노형진은 그에게 현장의 사진을 보여 줬다.

"유류에 의한 화재로 보입니다."

"재판장님! 피고 측은 증인과 짜고 원하는 답변을 요구하고 있습니다!"

심학규의 말에 발끈하는 강환우 측 변호사.

'그래, 내가 그렇게 나올 줄 알았다.'

애초에 조작된 걸 가지고 소송을 걸었으니 그들로서는 심학규의 반응이 반갑지는 않았을 것이다.

하지만 증거가 그것만 있는 게 아니었다.

"그래요? 그러면 이건 어떻습니까?"

노형진은 한 권의 책을 내밀었다.

거기에는 한국 소방 교육이라는 제목이 쓰여 있었다.

"이 교재는 한국에서 화재 조사관을 교육할 때 쓰는 책입니다. 이 책에 따르면 각 화재별로 패턴이 사진으로 찍혀 있습니다. 이번 사건 이전부터 사용된 책인 만큼, 조작의 가능성이 전혀 없지요."

노형진은 그중에서 미리 표시한 페이지를 펼쳐서 판사와 다른 사람들에게 보여 줬다.

"보다시피 이 챕터는 유류 화재에 의한 패턴을 보여 주는 페이지입니다. 그런데 어디서 많이 본 패턴이 아닌가요?"

판사는 그 사진을 뚫어지게 바라봤다.

확실히 비슷하게 생기기는 했다.

"그에 반해 이 페이지는 합선에 의한 화재를 보여 주고 있습니다."

노형진은 다른 책을 꺼내서 그들에게 보여 줬다.

이번에 보여 준 것과는 확연하게 다른 그을음.

"이건 저희랑 짠 것이 아닙니다. 애초에 이 책이 발매된 날짜는 2년 전입니다. 짤 수가 없지요."

"크윽……."

강환우 측 변호사는 할 말을 잃어버렸다.

사람이라면 2년 사이에 바뀌었다고 주장할 수도 있겠지만 불이 나는 패턴이 매년 바뀔 리 없기 때문이다.

이것이 법이다

"즉, 피고 측에서 주장하는 합선으로 인한 화재라는 것은 말도 안 되는 논리입니다. 전기도 없는 자리인 데다가 화재 패턴이 전혀 다르니까요."

노형진의 논리에 밀려 버린 그들은 애써 마음을 진정시켰다.

'그래…… 그래도 일단 불은 저쪽에서 난 거니까.'

중요한 것은 화재가 저쪽에서 났다는 것만 인정하면 된다는 것이다. 그러면 자신들은 배상받을 수 있다.

"그 부분에 대해서는 뭐라고 말할 수가 없군요. 그걸 확인한 것은 우리가 아니라 화재 조사관이었습니다."

상황에서 벗어나기 위해 애써 둘러대는 변호사들.

하지만 그들은 그게 실수라는 것을 몰랐다.

"그러면 그 화재 조사관이 과거 뇌물을 받은 혐의로 징계를 받은 적이 있다는 것도 모르셨습니까?"

"뇌물? 징계?"

"네. 그는 2년 전에 한 번, 1년 전에도 한 번 뇌물을 받고 징계받았습니다. 그걸 모르셨다는 건 의외인데요?"

"크윽."

알 리 없다.

그들에게 필요한 건 화재 조사관이라는 타이틀뿐이었으니까.

'하지만 판사의 입장에서는 이야기가 달라지지.'

판사의 입장에서는 뇌물을 받고 조작한 경험이 있다면 색안경을 끼고 볼 수밖에 없게 된다.

더군다나 한 번도 아니고 두 번이라면 더더욱 말이다.

"그렇다고 해도 최초 화재 현장이 그 집이라는 부분에 대해서는 그를 제외한 사람들도 동의했습니다. 현장에 출동했던 소방관들도 동의했던 사항입니다."

"일단은 그렇게 보이지요."

"그렇게 보인다?"

노형진은 마지막 마무리하기 위해 그들에게로 다가갔다.

"재판장님, 아까 보신 사진들, 다시 한 번 봐 주시기 바랍니다."

"음?"

화재가 난 사진을 자꾸 보라는 노형진의 말에 재판장은 고개를 갸웃했다.

자신이 그걸 본다고 뭘 알 리 없기 때문이다.

"그다음에 저희가 보여 드린 다른 사진을 봐 주시기 바랍니다."

노형진은 몇 개의 사진을 판사에게 건넸다.

그리고 일부는 상대방 변호사에게도 건넸다.

"이 중에서 가장 비슷한 형태를 가진 그을음을 골라 주십시오."

"실험입니까? 여기는 재판정이지, 실험실이 아닙니다."

"실험이 아니라 공정성을 위해 부탁드리는 겁니다."

판사는 꼼꼼히 사진을 살피고 그중에서 형태가 가장 비슷한 사진 한 장을 건넸다.

강환우 측 변호사 역시 그중에서 가장 비슷한 사진을 골랐다.

"보다시피 두 분 다 동일한 사진을 골랐습니다."

노형진은 세 장의 사진을 나란히 두고 사람들을 납득시켰다.

"이 세 장의 사진은 아까 말씀드린 유류에 의한 화재 패턴과 비슷한 모양을 보입니다. 하지만 아까와는 다른 뭔가가 있지요. 재판장님, 이 사진에서 다른 점이 뭐라고 생각하십니까?"

"글쎄요……. 제가 봐서는 그 몽글몽글한 형태가 사방으로 퍼져 있다는 것인 것 같습니다."

다른 사진들은 구름 형태의 그을음이 위쪽에 있었다. 그런데 이 사진들만 아래쪽으로 그을음이 형성되어 있었다.

"그렇습니다. 애초에 첫 번째 사진은 화재 현장의 사진입니다. 두 번째 사진은 책에서 발췌한 사진이고, 세 번째 사진은 저희가 실험한 사진입니다."

"무슨 실험입니까?"

"방화 실험입니다."

"방화?"

"방화라고?"

생각지도 못한 말에 다들 어리둥절했다.

갑자기 방화라는 말이 나올 거라고는 생각도 못 했기 때문이다.

판사도 진지한 얼굴이 되었는데, 반대로 강환우의 변호사들은 얼굴이 사색이 되었다.

"그러면 이번 사건이 고의적인 방화라는 겁니까?"

"그건 아니라고 생각합니다만, 확실한 것은 이런 형태의 그을음은 일반적으로 생기지 않는다는 것입니다. 재판장님, 미리 준비된 영상을 봐 주시기 바랍니다."

노형진은 미리 준비된 영상을 모니터에 연결해서 플레이시켰다.

그리고 나오는 영상들에 대해 하나씩 설명하기 시작했다.

"보다시피 첫 번째 영상은 일반 화재입니다. 화재의 패턴이 유류 화재인 만큼 미리 벽에다가 기름을 좀 칠해 놨습니다."

그렇게 기름이 칠해진 벽에 불을 붙이자 불은 순식간에 타올랐는데, 그 불을 껐을 때 나타난 모습은 명확하게 유류 화재의 패턴이었다.

"하지만 두 번째 실험은 좀 다른 방식으로 했습니다. 안전을 위해 몇 가지 준비를 했습니다만. 일단 봐 주십시오."

두 번째 영상에서는 방화복을 입은 누군가가 기다란 막대기를 들고 서 있었다.

그런데 그 사람이 그 막대기의 끝을 벽으로 향하게 하고 버튼을 누르자 막대기에서 무서운 속력으로 불기둥이 뿜어지면서 벽에 흔적을 남기기 시작했다.

"임시로 만든 화염방사기 같은 겁니다. 안전을 위해 최소

량만의 유량으로 실험했습니다."

아니나 다를까, 채 1분도 안 돼서 그 화염방사기는 꺼졌고 잠시 후 벽에 난 불도 꺼졌다.

"어?"

"저건?"

그런데 그 벽에 그려진 그을음은 화재 현장에서 발견한 것과 비슷한 형태를 가지고 있었다.

위로 올라간 것과 다르게 그을음이 아래쪽까지 퍼지면서 둥글게 되어 있었던 것이다.

"어떻게 된 겁니까?"

이건 말도 안 된다.

누가 봐도 화염방사기로 쏜 것이 현장과 똑같았다.

"강력한 불길을 벽을 향해 쏜 겁니다. 그러면 불길이 위로만 올라가는 게 아니라 압력에 의해 아래로도 내려가게 됩니다. 그러면 일반적으로 생각하는 것처럼 위로만 그을음이 생기는 게 아니라 아래로도 그을음이 퍼지게 되는 것입니다."

"그러면 누군가 고의적으로 불을 질렀다는 것입니까?"

판사의 질문에 강환우 측 변호사는 자신도 모르게 벌떡 일어났다.

"판사님, 그건 불가능합니다. 저곳은 사람이 들어갈 수도 없습니다. 더군다나 불을 지르려면 그냥 지르지, 누가 저런 곳까지 화염방사기를 가지고 갑니까?"

그건 말도 안 되는 소리다.

졸지에 주객이 전도된 변호사는 사람이 들어갈 수 없는 곳이라며 말도 안 된다고 주장하기 시작했다.

"피고 측 변호인, 저런 걸 가지고 왔다면 그에 맞는 가설이 있다는 뜻인데, 그 가설이 뭡니까?"

판사도 사람이 들어가지 못한다는 것은 인정한다는 듯 노형진에게 다른 증거를 요구했다.

"유증기에 의한 화재입니다."

"유증기에 의한 화재?"

"그렇습니다. 피고 측 집의 바로 건너편에는 호텔에서 운영하는 삼겹살집이 있었습니다. 그곳에서 고기를 구울 때마다 나오는 유증기는 그곳에 있는 통로를 통해 피고 측의 집으로 뿜어졌습니다."

노형진은 자신들이 세운 가설을 차근차근 설명했다.

이야기가 이어질수록 판사는 고개를 끄덕거렸고, 강환우 측 변호사는 얼굴이 점점 사색이 되었다.

그런 건 자신도 몰랐기 때문이다.

"결과적으로 그 배관이 화염방사기 같은 효과를 냈다?"

"그렇습니다."

"그건 이론일 뿐입니다. 검증되지 않았습니까!"

강환우 측 변호사는 그렇게 외쳤지만 이미 패는 이쪽으로 넘어왔다.

"이미 관련 사건이 몇 번이나 발생했습니다. 이에 관련된 사건 기록을 추가 증거로 제출하겠습니다. 또한 그 당시 배관을 입수하여 실험한 동영상도 있습니다."

"배관을?"

"실험을 했다고?"

전혀 모르던 내용에 당황하는 변호사들.

당연하다. 강환우가 그들에게 이야기하지 않고 무단으로 처리한 일이니까.

'그러니까 의뢰인을 전적으로 믿는 게 아니라니까.'

딱 봐도 그들은 화재로 인해 피해를 입었고 그에 관련된 배상만 받으면 된다는 식으로 들은 게 분명했다.

그게 아니라면 이렇게 전혀 모르지는 않았을 테니까.

"화재 이후에 해당 식당을 철거하는 과정에서 배기관 역시 철거되어 나왔습니다. 그걸 입수하는 데 성공했습니다."

강환우 측 변호사는 애써 머리를 굴렸다.

상황이 이해가 안 가는 상태이기는 하지만 어찌 되었건 노형진이 가지고 온 것이 자신들에게 유리하게 작용할 리 없기 때문이다.

"재판장님, 그건 절도입니다! 절도로 얻은 증거는 인정해서는 안 됩니다."

"절도가 아닙니다. 해당 물품은 철거 업자를 거쳐서 폐기 업자에게 넘어갔고, 저희는 그 폐기 업자에게서 구입한 것뿐입니다. 철거가 시작된 상황에서 이미 소유권은 포기한 것으로 봐야 합니다."

"흠······."

판사는 잠시 생각하다가 고개를 끄덕거렸다.

"피고 측 변호인의 말이 맞습니다. 철거해서 폐기물로 배출한 상태라면 소유권을 포기했다고 봐야 합니다."

"큭."

애써 막아 보려고 했지만 막을 수 없는 상황.

노형진은 사진으로 몇 가지 증거를 제출했다.

"이것은 제가 현장에서 찍은 사진입니다."

노형진이 몰래 찍은 사진에는 천장 너머로 독특한 무늬가 들어 있는 배기관이 있었다.

일반적으로는 양철 판을 쓰겠지만 호텔인 만큼 나름의 무늬를 넣었던 것이다.

"그리고 이 사진을 보시면, 저희가 수거한 배기관들입니다. 동일한 무늬가 보이시죠? 이건 주문생산 한 것이기 때문에 다른 곳에서 수거될 일은 없습니다."

그리고 다음 사진을 보여 주는 노형진.

그 사진이야말로 가장 확실한 증거였다.

"그리고 이 배기관의 안쪽을 봐 주시기 바랍니다."

사진에 찍힌 배기관 안쪽은 시커먼 색으로 변해 있었다.

물론 다른 배기관들 역시 안쪽이 검은색이기는 했다.

하지만 다른 배기관은 기름때와 먼지로 인해 그런 것이라면 이 배기관 내부는 시커먼 그을음이 가득했다.

"저희가 해당 배기관을 손에 넣었을 때, 상당수 배기관이 저런 식으로 변해 있었습니다."

"조작입니다."

노형진의 말에 바로 반박하는 변호사들.

"배기관이 동일한 것은 인정할 수 있습니다. 하지만 손에 넣은 후에 태운 것일 수도 있습니다!"

물론 맞는 말이다. 그럴 수도 있다.

그렇게 조작하는 놈도 없지는 않다.

"그럴 수도 있지요. 하지만 현장에서 철거하던 사람들의 증언이 있다면 좀 달라지지 않을까요?"

"뭐라고?"

"재판장님, 현장에서 철거 작업을 한 분을 증인으로 모시고자 합니다."

"무슨 말도 안 되는……."

자신들이 알기로는 믿을 만한 사람에게 맡겼다고 들었다.

그런데 증인이라니?

'물론 믿을 만한 사람에게 맡겼겠지.'

문제는 그 사람은 사장일 뿐이라는 것이다.

이런 철거업을 하는 사람들은 절대 정규직으로 고용하지 않는다. 죄다 일당직을 데려다가 쓴다.

"그곳에서 일당을 받고 일하던 분을 모시고 왔습니다."

노형진은 그들이 조작이라고 할 가능성이 높다는 것을 알고 있었다.

과연 철거 업체의 사장이 진실을 말할까? 그럴 가능성은 낮다.

하지만 어차피 일당직인 사람은 그거랑 상관없다.

"그들을 증인으로 신청하는 바입니다."

"그들?"

"그렇습니다. 그 당시 일했던 스물세 명의 일용직 근로자들입니다."

변호사들은 얼굴이 사색이 되었다.

줄줄이 나오는 사람들. 노형진은 그들에게 일일이 그날 현장에 대해 질문했다.

"그 당시 배관의 상태는 어땠습니까?"

"절반 정도는 시커먼 색으로 속이 홀랑 탔던데요."

"절반요?"

"네."

"그러면 그 관련된 것은 다른 분들도 보셨나요?"

"당연히 봤지요."

빼도 박도 못할 증거였다.

"이분들의 근무 내역은 기록에 남기 때문에 이 기록을 토대로 근무 일자를 확인할 수 있습니다."

"재판장님, 해당 배관은 오랫동안 사용한 상태였습니다. 먼지가 끼어서 탄 것처럼 보일 수도 있습니다."

변호사들은 어떻게 해서든 변명해 보려고 했다.

아무리 사전에 이런 이야기를 듣지 못했다고 하지만 그렇다고 해서 멍하니 당할 수는 없기 때문이다.

"저들이 배관을 분해한 것은 인정합니다. 그러나 그 배관은 몇 년 동안 사용된 것입니다. 그 안에 기름때가 있으면 불탄 것처럼 시커먼 색일 수 있습니다."

"그러면 거기 기름때가 있었으리라는 건 인정한다는 소리군요."

'아차.' 하는 얼굴이 되는 변호사들.

"재판장님, 그럼 이것을 봐 주시기 바랍니다."

노형진은 다른 사진을 꺼내서 판사에게 건넸다.

"이건?"

다른 쓰레기 더미의 사진.

그 쓰레기 더미의 의미를 모르는 판사는 고개를 갸웃할 수밖에 없었다.

노형진은 그에게 차근차근 설명을 해 줬다.

"해당 쓰레기는 벽지 부분입니다. 그런데 저 벽지 부분을 보며 색이 바래지 않았습니까?"

"그렇군요."

판사는 그제야 일부 벽지가 색이 변한 것을 발견했다.

다음 사진에서는 그렇게 색이 바랜 벽지는 따로 구분해서 모아 두기까지 했으니 색이 변한 것을 알아차리는 것은 어려운 일이 아니었다.

"그리고 해당 벽지의 제조사에 문의해 본 결과, 다음과 같은 의견을 받았습니다. '벽지의 색이 바래는 증상은 아주 오랫동안 태양 빛에 노출되거나 아주 뜨거운 열에 단시간 노출되는 경우 나타납니다.'라고. 원고 측 변호사, 이 점에 대해 말해 보세요."

"으으으……."

원고 측 변호사는 순간 당황했다. 그리고 판사 역시 그런 원고 측 변호사를 바라보았다.

"제가 알기로도 그렇습니다. 원고 측 변호사, 이 점에 대해 할 말이 있습니까?"

판사가 어릴 적에, 그의 외갓집은 시골에 있었다. 그래서 그는 소위 구들이라고 하는 뜨거운 자리에 있던 외갓집의 장판과 벽지가 색이 변한 것을 기억하고 있었다.

그런데 이건 그것보다 훨씬 더 많이 변한 상황.

건물 바깥에 벽지를 바를 리 없으니 뜨거운 열에 노출되었다는 소리다.

"참고로 이 벽지는 화재 현장과는 상당한 거리를 두고 있었습니다."

"으으으……."

불이 나기는 했지만 그 불이 건물 안으로 들어오지는 못했다.

사망자 세 명도 열린 창문 사이로 연기가 들어와서 죽은 거지 불이 안으로 들어온 것은 아니었다.

"조……사해 보겠습니다."

결국 그들은 할 말이 없었다.

"이상입니다."

노형진은 변론을 마치고 들어오면서 씩 웃었다.

⚖

쾅!

강환우는 주먹으로 자신의 책상을 미친 듯이 두들겼다.

"뭐라고! 말이나 되는 소리야! 내가 준 돈이 얼만데!"

"회장님…… 그 노형진이라는 인간이 화재 원인을 밝혀냈습니다."

"그러든 말든 내가 준 돈값은 해야 할 거 아냐!"

강환우는 이를 박박 갈고 있었다.

그에게 온 한 장의 통지서. 거기에는 '배상 책임 없음.'이라고 되어 있었다.

"이런 쌰앙!"

그 자리를 빼앗지 못하면 자신의 호텔은 지금의 적자를 벗어나지 못한다.

    당장 호텔의 자리는 좋지만 두 가지 문제 때문에 호텔은
몰락하고 있었다.

    첫째, 낙후된 시설.

    그거야 돈을 들여서 리모델링을 하면 해결할 수 있다.

    가장 큰일은 바로 두 번째 문제인 주차장이다.

    주변은 이미 고층 건물들이 들어서 주차장을 세울 자리
가 없다. 그렇다고 가만있자니 오래된 건물이라 주차장이 너
무나 부족하다.

    "망할 새끼, 그때 다 빼앗았어야 했는데."

    동생에게 사기를 쳐서 땅을 빼앗을 때 마저 빼앗지 못한
부분, 그게 바로 그 집이었다.

    그런데 그게 이렇게 곤란한 일을 만들 거라고는 그는 생각
도 못 했다.

    "도리어 우리가 그 집에 배상을 해 줘야 하는 상황입니다,
회장님."

    "배상? 배상? 미쳤어! 우리가 왜 그 새끼들 집을 지어 주
는데!"

    "하지만 그쪽에서 역으로 손해배상을 요구해 왔습니다."

    화재의 책임이 강환우에게 있는 이상 노형진이 가만히 당하
고 있을 리 없다. 당연히 강환우에게 손해배상을 요구했다.

    지금이야 말로 하지만, 계속 안 주면 소송을 할 수밖에 없
었다.

"이런 젠장!"

⚖️

"하하하."

송정한은 기가 막혀서 웃음만 나왔다.

누구도 이길 수 없다고 생각한 사건이었다.

모두가 다 불은 이쪽 집에서부터 시작된 것이라고 생각했고 그게 사실이었다.

"하지만 완전히 뒤집혔군. 도대체 어떻게 알았나?"

"우연이었습니다."

만일 노형진이 미래에 미국에서 화재 사건을 다루지 않았었다면 전혀 모르고 넘어갔을 것이다.

하지만 그 어렴풋한 기억 덕분에 사건은 도리어 뒤집혔고 배상을 받을 수 있게 된 것이다.

"감사합니다. 진짜 감사합니다."

강석현은 눈물이 가득했다.

노형진 덕분에 동생과 헤어져서 살지 않아도 되게 된 것이다.

집 한 채가 있고 없고의 차이는 엄청나서, 만일 그 집과 남은 재산을 빼앗겼다면 그는 동생과 헤어져서 고아원을 전전하다가 죽었을 것이다.

"아직 소송이 끝난 건 아니란다. 일단 우리가 이기기는 했지만 강환우가 그걸 배상해 주려고 하지는 않을 테니까."

"그래도 재산을 빼앗기지 않은 게 어딘데요."

"그건 아니야. 땅은 빼앗기지 않았지만 그래도 집은 없지 않느냐. 땅만 있다고 거기서 살 수는 없지. 그렇다고 네가 거기에 집을 지을 수 있는 상황도 아니고."

"……."

그 말이 맞다.

아무리 땅이 있어도 거기에 집이 없으면 사람은 살 수가 없다.

컨테이너식 조립 건물 하나 둔다고 해도 결국은 돈이 있어야 하는데, 고작 고등학생인 강석현이 그 정도 돈을 가지고 있을 리 없다.

"결국은 강환우에게서 그 돈을 받아 내야지."

"하지만……."

강석현은 우려스러운 얼굴이 되었다.

그럴 수밖에 없는 것이, 강환우에 대해 가장 잘 아는 것은 자신이다. 그리고 그가 자신을 도와줄 리 없다는 것도 알고 있었다.

"안다. 그러니까 함정을 파야지."

"함정을 판다고요?"

"그래."

노형진은 강석현의 머리를 슥슥 문질렀다.

"강환우는 상황이 좋지 않다. 그러니까 어떻게 해서든 돌파구가 필요한 상황이야. 그 점을 적극 이용해야지."

노형진은 이미 강환우의 재무 상태를 확인한 후였다.

그런데 의외로 강환우의 재무 기록은 좋지 않았다.

그럴 수밖에 없는 게 호텔은 점점 늘어나는데 건물이 오래되어서 주차장은 턱없이 부족하다.

서울에서 손님을 받기 위해선 주차장은 필수다. 하지만 주차장이 없어서 호텔은 손님이 절반도 안 차는 상황.

'심지어 지하에 있는 클럽도 나간다고 했지.'

클럽에 놀러 오는 사람은 상당수가 차를 가지고 온다. 그리고 거기서 놀고 호텔에서 잔다.

그래서 상당수 호텔에 클럽이 있는 것이다.

그런데 주차장이 없는 호텔에 과연 누가 오려고 하겠는가?

"그럼 어쩌시게요?"

"그 부분은 일단 어른에게 맡겨라."

노형진은 강석현의 머리를 슥슥 문질렀다.

"그 이후에는 우리가 해결할 테니까. 후후후."

⚖️

"집 못 지어 줘. 난 몰라."

배 째라고 나오는 강환우.

노형진은 고개를 끄덕거렸다. 그럴 거라 예상했기 때문이다.

'하긴, 순순히 지어 주는 놈이 병신이지. 사실 거기가 집을 올리기에는 아까운 땅이기도 하고.'

그곳은 말 그대로 노른자위 땅이다.

하지만 강석현은 돈이 없어서 다른 곳으로 갈 수가 없다. 그 집마저 빼앗기면 방법이 없기 때문이다.

물론 그 땅을 팔면 다른 동네로 갈 수도 있지만, 자신은 사회에 대해 잘 모르는 미성년자라는 점을 알고 있는 그는 섣불리 어른을 믿고 거래하기보다는 일단은 쥐고 있기로 한 것이다.

'똑똑한 선택이었어.'

딱 봐도 그 땅을 노린 사기꾼들이 계속 접근했다.

하지만 강환우에게 한번 당한 강석현은 절대로 땅을 주지 않아서 버틸 수 있었던 것이다.

'하지만 떠날 시점이 되기는 했지.'

여기는 절대 공부할 수 있는 여건이 아니다.

사방이 모텔에 호텔에 술집에 나이트까지 바글바글한 유흥가다. 장기적으로 봤을 때 여기서 떠나는 것이 아이들에게는 도움이 된다.

그리고 그러기 위해서는 돈이 필요하다.

'그걸 저 인간에게 알릴 이유는 없지.'

노형진은 내심을 감추면서 강환우에게 최후통첩을 했다.

"집을 지어 주지 않으신다면 저희는 압류하는 수밖에 없습니다."

"내가 그럴 돈이 어디 있어!"

"그거야 나야 모르죠. 호텔을 팔든 저 뒤쪽에 있는 다른 땅을 팔든."

"말도 안 돼! 그게 무슨 땅인지 알아!"

"알죠, 충분히."

그 땅은 주차장을 지어야 하는 땅이다. 그런데 그 입구를 강석현이 막고 있는 상황이다.

그런 상황에서 그 땅을 팔아서 집을 지어 준다?

그건 또 다른 제3자가 입구를 막는 꼴이다.

'더군다나 저 안쪽은 맹지거든, 후후후.'

맹지란 인접한 도로에서 멀리 떨어진 땅을 뜻한다.

그런데 위치에 상관없이 맹지는 그 가치가 엄청나게 하락한다. 접근할 도로가 없으니 사람들이 가지 않아 상권이라는 게 생길 수가 없기 때문이다.

'네놈이 그 땅을 사기 위해 돈을 다 쓴 건 알고 있다.'

강환우는 그쪽을 다 살 수밖에 없었다.

주차장을 지어야 하니까. 그래야 호텔을 살릴 수 있으니까.

그러니 현재 자산이 없는 건 당연한 일.

결국 집을 지어 주기 위한 자산은 한 푼도 없었다.

"너 이 새끼."

"싫으시면 말든가요."

노형진은 씩 웃으면서 일어났다.

"만일 안 지어 주시면 제가 살 겁니다."

"뭐라고?"

"안 지어 주면 제가 살 거라고요."

노형진을 어이없다는 표정으로 바라보는 강환우.

하지만 그다음 말은 어이없다는 말로 끝낼 수 있는 수준이 아니었다.

"전 돈 넘칩니다. 하지만 당신은 얼마나 버틸 수 있을까 요? 이 호텔도 압류 직전이라고 들었는데요."

"너…… 이 자식……."

이를 박박 가는 강환우.

하지만 그 말이 사실이었다. 이 호텔은 압류되기 직전이다.

애초에 요즘 시대에 지하철이나 버스 타고 다니면서 관광 하는 사람이 얼마나 되겠는가? 주차장이 없으니 당연히 호 텔이 망할 수밖에.

"이야기를 들어 보니 여행사랑 이야기도 끝난 것 같더만."

그러자 얼굴이 사색이 되는 강환우.

"어…… 어떻게……."

이 근처에는 관광지가 많다. 그래서 단체 관광객들도 많이 온다.

그러니 주차장만 만들면 그들을 다 흡수할 수 있다.

여행사들에도 그 이야기를 다 해 둔 상태.

"뭐, 팔기 싫으면 마세요."

저 땅을 손에 넣지 못하면 이 호텔은 망한다.

결국 그걸 알고 있는 강환우는 고개를 푹 숙였다.

강제로 빼앗을까 하는 생각도 했지만 노형진이라는 변호사가 붙어 있는 이상 그럴 수도 없다.

"제발…… 그 땅을 이용할 수 있게 해 다오……."

"싫은데요? 그러면 석현이 형제는 살 곳이 없어져서요."

"제발……."

아무리 욕심이 많은 강환우라고 하지만 지금 상황에서는 그가 할 수 있는 것이 없었다.

"이렇게 부탁드립니다. 제발……."

결국 반말에서 존댓말로 바꾸는 강환우.

노형진은 그제야 자세를 바로잡았다.

"뭐, 그렇게 말씀하신다면야."

노형진은 그에게 자신들의 요구 조건을 이야기하기 시작했다. 그러자 강환우는 이를 빠드득 갈면서도 어쩔 수 없이 그 말을 들어줄 수밖에 없음을 인정해야 했다.

"어떠냐? 집이 마음에 드냐?"

"네."

집을 보면서 강석현은 미소를 지었다.

강환우에게서 받아 온 돈이 적지 않아 작은 전셋집을 구할 수 있었는데, 그 집은 학교에서도 가까워서 공부하는 데 큰 도움을 줄 수 있는 위치였다.

"그래도…… 과거의 집을 떠난 게 아쉽기는 하네요."

"어차피 거기는 공부하기는 좀 한계가 있으니까. 유흥가는 비싸기는 하지만 살 만한 곳은 아니지."

고개를 끄덕거리는 강석현이었다.

창밖에서는 맨날 취객들의 싸움 소리가 들리고 집 앞에 나가면 토사물이 가득한 곳이었다.

"어차피 사람이 사는 곳과는 다르니까."

노형진은 집을 보면서 씩 웃었다.

"그나저나 그냥 팔지 그랬나?"

옆에 있던 송정한이 물었다.

"그러면 미래가 암울해지거든요."

노형진은 그 땅을 팔지 않았다. 그 대신에 사용료를 받는 계약을 했다.

"만일 팔게 되면 보복하려고 할 수도 있고요."

"그런가?"

"네. 이미 끝난 관계이니까요."

하지만 이렇게 묶어 두면 보복하려야 할 수가 없다.

이것이 법이다

보복하게 되면 그 땅의 소유권은 동생에게 넘어가 동생이 사용을 막아 버릴 테니까.

"설사 둘 다 죽는다고 해도 유언에 따라서 그 땅은 우리가 관리하게 되니까요."

"쉽게 말해 그 땅의 숨통을 조이고 있는 셈이군."

"그렇지요. 단기적으로는 손해일 수 있지만 장기적으로는 이득입니다. 이제 호텔이 잘될 테니, 그러면 뜯어먹을 수 있는 게 늘어날 테니까요."

노형진은 씩 웃었다.

확실히 호텔에 주차장이 생기면 그곳은 잘될 수밖에 없다.

"하지만 지금 팔면 지금 상태의 호텔을 기준으로 돈을 요구할 수밖에 없습니다. 그러면 아무래도 받는 돈은 터무니없이 작아질 수밖에 없지요."

"나중에 호텔이 잘되면 호텔 때문에라도 어쩔 수 없고 말이야."

"그렇습니다."

입구를 틀어막고 있으니 사용료를 올린다 해도 줄 수밖에 없다.

설사 나중에 사려고 한다고 해도 장사가 잘되는 호텔과 안되는 호텔의 가격 차는 클 수밖에 없는 것이 사실이고 말이다.

"석현이는 미성년자입니다. 아무리 똑똑하다고 하지만 갑자기 수억에 달하는 큰돈이 생기면 자칫 잘못하면 인생이 망가질 수도 있습니다."

"하긴…… 주변에 어른이 없으니."

새론에서 영원히 봐줄 수는 없는 노릇이다.

그러니 스스로 자기 살길을 찾아야 한다.

"그리고 이 정도면 충분히 살길은 되고도 남을 겁니다."

"그렇겠지."

계약금 1억에 월 400만 원. 적지 않은 돈이다.

아무것도 없는 빈 땅치고는 터무니없는 가격일지 모르지만 강환우로서는 받아들일 수밖에 없는 조건이었다.

"일단은 해결된 것 같네요."

노형진은 밝은 얼굴로 새로 얻은 자신들의 집을 보는 두 형제를 보면서 말했다.

"약간은 안쓰럽군."

"결국 도와줄 수 있는 데에는 한계가 있으니까요."

그들의 삶은 그들이 개척하는 수밖에 없다.

기획 소송?

"노 변호사."

"네?"

"자네가 이번에 적당한 건수를 찾아 줘야겠어."

"건수요?"

노형진은 고개를 갸웃했다.

새론에는 언제나 사건이 넘친다. 그런데 적당한 건수라는 것이 이해가 가지 않았던 것이다.

사건이 넘쳐 일거리가 많아서 죽어 나가는 판국에 적당한 건수라니?

"회사에 돈 떨어졌습니까? 적당한 건수라니요?"

"그건 아니고, 아무래도 새로 들어온 변호사들이 기획 소송에 대해 감을 잡지 못하고 있어서 말이야."

"아아."

노형진은 무슨 말인지 알아차렸다.

새론에는 다른 로펌과는 다른 시스템이 있다. 바로 기획 소송이다.

누군가는 그걸 나쁘게 말한다. 하지만 노형진은 좋게 생각한다.

돈을 뜯어내려고 하는 거라면 문제가 되지만 자기 권리를 여러 가지 이유로 찾지 못하는 사람들에게 돌려주는 것이 바로 기획 소송이니까.

"이해 못 합니까?"

"그래, 다들 그 이야기야. 권리 위에 잠자는 자는 보호받지 못한다고 배웠다고."

"반만 알고 반은 모르는군요."

"그렇지."

권리 위에 잠자는 자는 보호받지 못한다.

그건 아주 유명한 말이며 또한 대한민국 법률계를 대표하는 말 중 하나다.

쉽게 말해서, 권리는 행사하지 않으면 의미가 없다는 말이다.

"하지만 가진 자들은 사람들이 권리를 알기를 원하지 않지."

"그렇지요."

국민들이 권리를 알수록 지배층은 국민들을 지배하기 힘

들어진다. 그렇기 때문에 그들은 국민들의 권리에 대해 이야기하지 않는다.

학교에서는 노동의 중요성에 대해 역설하면서도 노동자의 권리에 대해 이야기하지 않고, 투표에 대해 이야기하면서도 투표하지 않았을 때 벌어지는 일은 꼭꼭 감춘다.

"결국 누군가는 그걸 알려 줘야 하는데 말이지."

"그러기 위한 기획 소송 아닙니까?"

"그래. 그런데 새로 들어온 사람들은 모르더군."

"흠……."

노형진은 자신의 턱을 스윽 문질렀다.

그건 심각한 문제다. 기본적으로 자신이 이해하지 못하는 것에 대해 어떻게 변론한단 말인가?

"그래서 한 번은 제대로 기획 소송을 경험하게 해야 한다고 생각하네. 현재로써는 기획 소송이 아니라 부여되는 소송만 하고 있는 상황이니까."

"그건 그렇지요."

법적인 문제가 아니라 그렇게 한번 기획 소송을 하고 나면 인간으로서 그리고 사회인으로서 정신이 넓어진다.

만일 그러지 못하면 새론에서 버티지 못한다.

변호사라고 대접받으면서 돈만 받으려고 하면 더더욱 말이다.

"그래서 이번에 기획 소송을 한번 해 보고 싶으신 거군요."

"그래. 하지만 제대로 된 건수가 있어야 말이지."

"송 대표님의 말이 맞네요."

기획 소송은 그냥 가서 '사건을 주십시오. 우리가 하겠습니다.'라고 하는 것이 아니다.

변호사가 스스로 발로 뛰면서 정보를 모으고 문제를 체감하고 소송을 준비해야 한다.

그러지 않으면 브로커를 끼고 사건을 받아 오는 것과 하등 다를 바가 없기 때문이다.

"결과적으로 기획 소송을 하기 위해서는 적당히 몸을 굴려야 한다는 건데."

"곡소리 날 텐데요?"

"평생 공부만 했으니 그 정도는 좀 해야 하지 않나 싶네만. 하하하."

노형진은 씩 웃었다.

뭐, 웃자고 한 말이기는 하지만 틀린 말도 아니기 때문이다.

"미혼모 쪽은 이미 라인이 잡혀 있고…… 그렇다고 다른 마땅한 기획 소송은 생각나지 않아서 말이야. 뭐 적당히 할 만한 거 없겠나?"

"글쎄요……. 생각을 해 봐야겠지만 일반적으로 그런 건 그냥 넘어갈 수 있는 사건이 아닌 건 아시죠?"

"피바람이 불겠지."

미혼모 사건부터 염전 노예 사건까지, 기본적으로 기획 소송은 사회의 어두운 면을 드러내는 것이다.

당연히 불편하고 거북스러우며 위험한 면도 있다.

심지어 가진 자들과 전면전을 해야 하는 경우도 있다.

"그러니까 해야 한다고 생각하네. 한 번은 걸러 내야 하니까."

"걸러 낸다라……."

노형진은 송정한이 왜 그런 이야기를 했는지 알 것 같았다.

당장 새론에 들어온 변호사들은 많다. 들어오려고 하는 사람들도 많고.

하지만 그중에는 단순히 새론이라서, 돈을 많이 벌 수 있어서 들어온 사람들도 적지 않다.

"하지만 우리 새론이 추구하는 사회적 가치는 그런 게 아니지 않은가?"

"그렇지요."

모든 국민에게 동일한 법적인 보호를 제공하는 것.

그것이 새론의 가치이며 목적이다.

"그런데 그에 대해 불만을 가지는 사람들이 점점 늘어나네."

"주요 사건을 안 준다 이겁니까?"

"그래."

"인맥을 노리고 온 사람들이군요."

"그렇겠지."

새론은 거대한 곳이다.

대룡을 비롯한 대기업들과 거래할 뿐만 아니라, 몇 번의 도움을 줘서 여러 부자들과 선이 닿아 있다.

"사회적 책임보다는 인맥을 만들려고 온 사람들이 적지 않네. 들어오는 시점에서는 그들을 걸러 낼 수가 없지."

"그리고 그들이 불만을 이야기하고 있다는 거군요."

"그렇지."

그들은 끊임없이 불만만 이야기한다.

그 정도 사건을 해결할 수 있는 실력을 키우는 것이 아니라, 부자들을 자신들에게 소개시켜 주지 않는 것을 불평한다.

그리고 그 불평은 멀쩡한 변호사들과 사원들에게 퍼져 나간다.

"알겠습니다."

그런 거라면 노형진도 거부할 이유가 없다.

그들이 원하는 것을 줄 생각은 없으니까.

"그러니까 좀 확실한 것이 있었으면 하네."

"생각을 좀 해 보지요."

노형진은 고개를 끄덕거렸다.

"기획 소송을 할 만한 거라……."

노형진은 곰곰이 생각을 하면서 머리를 긁적거렸다.

"노 변호사님, 뭘 그렇게 생각해유?"

"아, 그냥…… 기획 소송을 할 만한 걸 찾고 있습니다."

강성태는 고개를 갸웃했고 노형진은 대충 개념을 설명해줬다.

"그런 사건은 엄청 많을 것 같은데유?"

"그래서 문제지요."

"아!"

강성태는 너무 없어서 문제인 줄 알았지만 반대로 너무 많아서 문제였던 것이다.

"마음 같아서는 우리가 다 하고 싶지만 그럴 수 없는 것도 사실이고요."

"거참 복잡한 일이네유. 전 법을 안 배우길 잘했네유."

강성태는 머리가 복잡한 듯 머리를 절레절레 흔들었다.

법적인 문제는 그가 생각하기에는 참 복잡한 일이었기 때문이다.

"그렇게 복잡할 거 없습니다. 그냥 피해자들을 찾으면 됩니다."

"피해자들이유?"

"네. 그리고 그 피해자들이 저항할 방법이 없으면 소송이 진행될 수 있는 거지요."

"어……."

강성태는 잠시 고민하는 듯하더니 바깥으로 나갔다.

그리고 꼬깃꼬깃 꾸겨진 종이 한 장을 들고 다시 돌아왔다.

"이런 것도 될까유?"

"뭡니까, 이거?"

"전에 있던 빵 동료가 준 건디, 기회가 되면 좀 도와 달라고 했어유."

"빵 동료?"

"야."

빵 동료라면 그가 누명을 쓰고 감옥에 있을 때 만난 사람일 것이다. 그러면 상당한 시간이 지났다는 뜻이다.

"아니, 그걸 왜 이제야……?"

"빵 동료가 모두 의리가 있는 건 아니거든유. 그리고 그 녀석이 질이 좋은 녀석이 못 되어서리."

"흠."

결국 그다지 좋은 놈이 못 되어서 신경 끄고 있었다는 것이다.

"그런데 왜 가지고 온 겁니까?"

"생각해 보니께 빵에 있는 그 시키는 나쁜 놈일지 몰라도 그 시키한테 도움 청한 사람은 얼마나 다급하면 편지까지 보냈겠슈. 그것도 빵으로."

빵, 그러니까 감옥에서 해결할 수 있는 것은 극히 한정적이다.

감옥으로 편지가 왔다는 것은 그가 감옥에 있는 걸 알고 있다는 뜻이다.

그런데도 도움을 청했다는 건 엄청나게 다급했다는 소리이기도 하다.

"그 죄수의 죄목이 뭔데요?"

"강도 강간유."

"질 좋은 놈은 못 되는군요. 그럼 그 사람한테 도움을 청한 사람은?"

"누나라던데유?"

"누나?"

"야."

노형진은 강성태에게 손을 내밀었다.

그 편지를 달라는 뜻이었다.

강성태가 건넨 편지를 보던 노형진은 어이없어서 입맛을 다셨다.

"이 내용 봤습니까?"

"봤쥬. 그래서 쌩 깐 거여유. 자업자득이라고 해야 하나, 하여간 그런 느낌?"

'뭐, 틀린 말은 아닌데.'

편지의 내용은 간단했다.

어떤 섬에 강제로 잡혀가서 티켓다방에서 일하고 있으니 구해 달라는 이야기였다.

좋게 말해 티켓다방이라고 하지, 사실상 성매매다. 그것도 강제적인 성매매.

'동생은 강도 강간범인데 누나는 강간당하는 셈이군……'

참 웃긴 우연의 일치이기는 하다.

강성태가 슬쩍 모른 척하고 싶었던 이유를 알 것 같기도 했다.

'하지만……'

어찌 되었건 피해자인 만큼 가만둘 수는 없는 노릇.

"이걸로 하죠."

"야? 하지만 고작 한 명인데유? 무슨 소송인가 하려면 피해자가 많아야 한다고 하지 않으셨슈?"

노형진은 씁쓸한 얼굴로 대답할 수밖에 없었다.

"대한민국에는…… 섬이 제법 많지요."

"아……."

"이걸로 하죠."

노형진은 결심을 굳혔다.

⚖

"이번 사건은 티켓다방에 대한 대대적인 구출 작전입니다."

"티켓다방?"

"네."

"아니, 그게 아직도 있어?"

고개를 갸웃하는 송정한.

티켓다방은 변종 성매매의 일종이다.

티켓다방은 기본적으로 한 잔씩 파는 게 아니라 두 잔씩 판다. 배달하는 종업원 것까지 해 주는 것이다.

그런데 그 커피를 배달하는 사람이 배달만 하는 경우는 드물다.

"아직도 있습니다."

"흠……."

송정한은 기가 막히다는 표정이 되었다.

물론 성매매는 불법이다. 하지만 근절할 수 없는 불법이기도 하다.

인류의 가장 오래된 직업 중 하나가 매춘이라고 하니 말이다.

"그런데 그걸 구출한다고? 요즘은 세상이 많이 바뀌지 않았나?"

"그렇지요. 그렇기 때문에 사람들이 쉽게 생각하는 부분이 있지요."

"그런가?"

"네."

노형진이 말하는 것을 알아들은 김성식은 고개를 끄덕거렸다.

"확실히 그렇지."

과거 성매매는 납치와 협박, 폭행 등으로 점철된 말 그대로 최악의 인권 범죄였다.

하지만 시대가 발전하고 급속도로 자본화됨과 동시에 성에 대해 관대한 문화가 만들어지면서 어떤 이유에서건 자발적으로 하는 사람들이 늘어난 것도 사실.

"그런데 구출이라니. 그건 그들이 그만두면 되는 거 아닌가?"

"도심지에서야 그렇지요. 하지만 섬이나 고립 지역에서는 그렇게 굴러가지 않습니다."

"그렇게 굴러가지 않는다고?"

"네. 도시에 있는 해당 직종 여성들은 자신들이 원하는 시간에 출퇴근을 하기도 하고 쉬기도 합니다. 도시라는 특성상 이동이 자유롭고 쉽게 탈출할 수 있는 데다가 수요에 비해 공급이 부족하니까요."

"그런데?"

"하지만 섬은 아닙니다. 섬은 도시와 다르게 밀폐된 공간이고 사람들이 살고 싶어 하는 장소는 아니지요. 그래서 그곳에서 일하는 사람들은 강제로 끌려간 경우가 대부분입니다. 인신매매죠."

손예은은 구역질 난다는 표정이 되었다.

하긴, 여자의 입장에서는 성매매라는 것 자체가 구역질 나는 사건일 수밖에 없다.

"기분이 좋은 사건은 아니죠."

노형진은 그녀의 마음을 이해한다는 듯 고개를 끄덕거렸다.

"하지만 그렇다고 해도 일단 존재하는 사건입니다."

"그건 맞습니다."

김성식은 고개를 끄덕거렸다.

"제가 검찰에 있을 때 섬에서 오는 구조 요청이 없었던 건 아니니까요."

"그런가요?"

송정한은 김성식의 말에 고개를 갸웃했다.

"그런데 대부분의 구조 요청은 섬이 아니라 육지에서 발생합니다."

"육지에서?"

그들이 잡혀 있는 장소는 섬이다. 그런데 육지에서 발생하다니?

그러나 다음 말에 송정한은 입안이 왠지 씁쓸했다.

"경찰도 남자니까요."

"아……."

섬이라는 밀폐된 공간의 특성상 여성들은 적다.

더군다나 대한민국이 점점 발전하면서 시골에서 사람들의 숫자, 특히 젊은 여성의 숫자는 극도로 적어졌다.

하물며 시골마저도 그 정도인데 움직임까지 제한되는 섬은 어떻겠는가?

"경찰도 성매매를 한다는 뜻인가요?"

"그러네."

손예은의 말에 김성식은 안타깝다는 듯 인정했고 손예은의 얼굴은 더욱 구겨졌다.

"그런 상황에 경찰에게 도움을 요청해 봐야 아무 소용 없으니까."

"그럼 그 사람들이 어떻게 육지에서 도움을 요청하는 거죠?"

"그런 곳까지 가서도 여자를 찾는 놈들도 있으니까요."

"아……."

그 여자들은 다급한 나머지 육지에서 온 손님들에게 도움을 요청하기도 한다.

그러면 그 손님들이 육지로 가서 대신 도움을 요청하는 것이다.

"그러면 다 탈출할 수 있는 거 아닌가요?"

그런 사람들이 나와서 신고해 준다면 그 여자들은 탈출할 수 있다.

그런데 왜 탈출하지 못할까?

"여러 가지 이유가 있지요."

노형진은 손예은에게 이유를 설명해 주기 시작했다.

첫째로는, 그런 곳까지 가서 여자를 찾는 육지 손님은 드물다는 것이다.

그런 곳에서 일하는 여성들은 대부분 팔리고 팔린 끝에 거기까지 가는 경우라, 거의 나이가 많고 그런 사람을 굳이 찾는 경우는 많지 않다.

둘째, 섬에 놀러 갈 때는 대부분 연인, 또는 가족끼리 움직이는 경우가 낳다. 그러니 그린 곳에서 여자를 찾는 사람은 많지 않다.

세 번째, 성매매는 불법이다. 그러니 대부분의 사람들은 그런 도움 요청을 받아도 묵살해 버리거나 포주에게 말해 버린다.

그렇게 몇 번 당하면 여자는 탈출을 포기하게 된다.

"구역질 나는군요."

"구역질 나는 행동들이죠."

노형진은 고개를 끄덕거렸다.

"시골은 여자가 부족합니다. 그 문제는 생각보다 심각하죠. 하지만 그렇다고 해서 여성을 납치하거나 말도 안 되는 빚을 뒤집어씌워서 섬에 팔아먹는 건 큰 문제입니다."

"하긴…… 저도 비슷한 기억이 있으니까요."

"비슷한 기억?"

손예은도 비슷한 기억이 있다는 말에 다들 그녀를 돌아보았다.

"친구들과 시골에 놀러 간 적이 있었지요."

친구의 친척집이 계곡 근처에 있어서 대학 때 거기에 놀러 간 적이 있다고 하는 손예은.

하지만 그날 이후에 그런 곳에 가는 걸 포기했다고 한다.

"그런데 밤이 되자 동네 청년이라는 인간들이 나타나더군요."

"동네 청년들?"

"말이 청년들이지, 마흔 넘은 아저씨들이었지요."

물론 그것까지는 좋다. 사람이 사는 곳이니까.

그러나 그녀가 질려 버린 건 그들의 행동이었다.

"다짜고짜 와서는 술 한잔하자면서 추근거리더군요."

"흠⋯⋯."

"싫다고 하는데도 고기며 술 사 가지고 왔다고 같이 한잔하자고 하는데, 너무 막무가내였어요. 결국 그 친척집 아저씨가 화가 나서 쫓아 버리기는 했지만요."

노형진은 고개를 끄덕거렸다.

그런 곳에는 젊은 여성이 없다. 그런데 젊은 여자들이 놀러 왔으니 어떻게 해 보고 싶었을 것이다.

'그런다고 사랑이 생기나.'

나이 차는 사랑으로 극복할 수 있다고 치자. 하지만 애초에 접근하는 목적이 그다지 좋지 못한 걸 여자들이 모를까?

결국 이러한 일이 점점 반복되면서 여자들이 더욱더 시골을 떠나려고 하는 것이다.

"그나마 낙향촌은 나은 편이죠."

도시에서의 삶을 마치고 시골로 내려간 사람들은 나름의 여유가 있다. 그래서 이런 일이 거의 없다.

하지만 완전히 폐쇄된 공간일수록 이런 일은 점점 많아진다.

그런 곳은 대부분 극도로 가부장적인 경우가 많고 따라서 현대 교육을 받은 젊은 여성은 그곳에서 살기를 거부하니까.

"아무래도 여성 안전에 문제가 많은 건 사실입니다."

노형진은 회귀 전 있었던 사건이 기억났다.

섬에서 학교에 배치된 여선생을 강간한 사건.

여선생이 죽을 각오로 섬을 탈출해서 경찰에 신고해 세상에 알려진 사건.

'아주 개판이었지.'

사건을 수사할수록 점점 개판인 현실이 드러났다.

그런 강간 사건이 한두 번이 아니라는 것. 심지어 실종자도 몇 명이나 있었다는 것.

그런데 경찰은 제대로 수사도 안 한다는 것.

온갖 비리가 다 터져 나온 것이다.

여성 인력이 늘어나면서 섬 같은 곳에 선생님이나 간호사가 배치되는 경우가 많아졌다.

그런데 그런 곳에 배치되는 사람은 극도로 위험한 상태가 되는 것이다.

'반성도 하지 않고 말이야.'

그 사건이 언론에 터졌을 때 해당 지역 사람들의 반응은 너무나 어이없었다.

'여자가 꼬리 치면 누가 안 넘어가겠냐.'라는 말부터 '남자가 술 마시고 실수할 수도 있지.'라는 식으로 말하는 사람도 있었고, 심지어 '이번 일 때문에 우리 섬에 관광객이 오지 않으면 그 여자가 책임져야 하는 거 아니냐?'라는 말까지 해 대면서도 피해자에 대한 걱정은 조금도 하지 않았다.

물론 보여 주기식 행사를 하기는 했다. 일단 관광객은 끌어야 하니까.

'그게 말 그대로 보여 주기식 행사여서 그렇지.'

심지어 그 행사를 한 지 사흘도 지나지 않아서 강간 사건이 발생했는데, 범인은 행사의 운영위원이었다.

"뭘 그리 생각하나?"

"아닙니다. 그냥 옛날 일을 생각했습니다."

"옛날?"

"하하하…….."

노형진은 웃고 말았다.

어찌 되었건 아직 벌어지지 않은 일을 따질 수야 없다.

"일단 중요한 것은, 그곳에 팔려 가는 사람들을 구해 내는 겁니다."

"그런데 요즘도 납치를 하나요?"

손예은은 그 부분이 이상했다.

아무리 그래도 21세기다. 그런데 납치해서 팔아먹는다니?

"없다고는 말은 못 합니다만…… 보통 가장 많이 쓰는 방법은 빚을 지우는 거죠."

"빚?"

"네."

"어떻게요?"

"보통은 자뼉이라는 방법을 많이 쓰죠."

"자뼉?"

"네."

일단 여자를 데리고 온다. 그 후에 온갖 평계를 다 대면서 빚을 씌운다.

숙박비나 미용실비, 식사비 등등.

그리고 얼마 이상 벌면 다 가지라고 하는 식이다.

"택시로 보면 일종의 사납금 같은 겁니다. 아니, 정확하게 사납금인 셈이군요. 방식은 같으니."

문제는 이 숙박비나 식사비 등이 터무니없이 비싸다는 것이다.

한 끼 식사가 무려 1만 원을 넘는 경우도 있다.

"그리고 성매매를 해서 얼마 이상 벌어야 하는데, 문제는 그런 동네는 그다지 돈이 많은 곳이 아니라는 겁니다."

서울 강남 같은 곳은 엄청난 돈이 왔다 갔다 하니 그 돈을 벌기 쉬울 수도 있다.

하지만 그런 섬에 돈이 있어 봐야 얼마나 있겠는가?

"결국 사납금은 계속 내야 하는데 그게 안 되죠. 보통 하루에 한 30만 원 정도 한다고 하더군요."

"30만 원요?"

기가 막혀서 말이 안 나오는 손예은이었다.

하루 30만 원이면 한 달에 못해도 900만 원이다. 그 돈이 거기서 나올 수 있을 리 없다.

"더군다나 여자는 어쩔 수 없이 쉬어야 하는 기간이 있지요."

"아!"

여자가 마법에 걸리는 일주일.

그때는 좋든 싫든 쉬어야 한다.

"설마 그것도?"

"네. 그때도 쉬었으니 돈을 내놓으라고 합니다. 그걸 보통 자뻑비라고 하죠."

"애초에 빚을 갚을 수 있는 구조가 아니잖아요?"

"당연하죠. 그들이 원하는 건 여자가 빚을 갚고 나가는 게 아니라 거기서 성 노예로 사는 거니까요."

"아니, 자뻑비라는 그거 불법 아닙니까?"

"당연히 불법이죠."

"그런데 왜?"

"뭐, 성매매는 합법입니까?"

"아······."

손예은은 입을 다물었다.

그들에게 자뻑비라는 것은 핑계일 뿐이다.

나중에 납치가 아니다, 빚을 갚기 위해 자발적으로 한 거다, 변명을 하기 위한 핑계.

"결과적으로 그들은 납치당한 거나 마찬가지지요."

노형진의 말을 들으면서 사람들은 아무런 말도 하지 못했다.

그런 일이 있을 거라 생각은 했지만 이렇게 자세하게 듣는 것은 처음이었기 때문이다.

"그런데 그런 사람들이 많은가요?"

무태식은 이야기를 듣다가 문득 고개를 갸웃했다.

그런 말도 안 되는 짓을 하는 자들이 정말 많을까 하는 얼굴이었다.

그러나 진실은 감출 수가 없다.

"아마도 2천 이상은 될 거라 생각합니다. 3천이 될 수도 있지요."

"네에?"

"우리나라에 섬이 몇 개인 것 같습니까? 산골은 몇 군데고요?"

아무런 말도 못 하는 무태식.

"난 노 변호사의 의견에 동의합니다."

노형진만큼이나 현실에 대해 잘 아는 김성식은 노형진에게 동질감을 느꼈다.

"경찰은 이런 걸 해결할 생각이 없습니다. 아니, 해결해야 되는 일이라고 여기지도 않지요."

"……."

"그런 곳에서 은폐되는 강간 사건의 수를 알게 되면 어이없을 겁니다."

김성식까지 그러자 송정한은 한숨을 쉬었다.

"내가 기획 소송을 하자고 하기는 했지만 이건 너무 큰 건 아닌가?"

"큰 건이니까 해야지요. 우리가 기획 소송을 당장 돈 벌려고 하는 건 아니잖습니까?"

"그건 그렇지. 하지만 이건 일이 너무 큰데. 우리로서는 한계가 있어."

못해도 수천 명이다. 그 사람들을 어떻게 다 구한단 말인가?

"한 번에 다 할 필요는 없습니다. 조금씩, 할 수 있는 데까지 하면 됩니다."

"할 수 있는 데까지 한다라……."

노형진의 말에 입맛을 쩝쩝 다시는 송정한.

"사실 이것만큼 신입들을 가르치기 좋은 소재도 없을 것 같은데요."

"그건 그렇지."

이건 해결하기 위해 전국을 다 돌아야 한다.

그 과정에서 직접 보고 느끼면서 진짜 변호사의 정신을 일깨우게 될 것이다.

그리고 누군가는 해야 하는 일이기도 하고 말이다.

"만일 이게 싫다고 하면 내보내면 됩니다."

"흠……."

직접 발로 뛰는 게 싫은 변호사는 내보내야 한다. 그게 정석이다.

그들은 새론에 맞는 사람들이 아니다.

"하지만 이게 나가면 대한민국이 조용하기는 글렀네. 알지?"

송정한의 말에 노형진은 피식 웃었다.

"우리가 언제 그런 거 신경 썼습니까?"

송정한도 피식 웃었다.

"아니."

사건은 많고 시간은 없다.

⚖️

"이게 다라고요?"

노형진은 회의실에 있는 사람들을 보면서 어이없어서 혀를 끌끌 찼다.

"우리 변호사가 몇 명인데 고작 여든 명입니까?"

본사에 있는 변호사만 백서른 명 가까이 된다. 그런데 회의에 나온 사람은 여든 명뿐이다.

그나마도 대부분 젊은 사람들이다.

"열 명 정도는 도무지 빠질 수 있는 상황이 아니었네."

"나머지 마흔 명은요?"

"거절하더군."

송정한은 어깨를 으쓱했다.

노형진의 얼굴이 와락 일그러졌다.

"대놓고 일하기 싫다는 거군요."

"그렇겠지."

노형진이 화를 내자 순순히 수긍하는 송정한.

옆에 있던 서승진은 왠지 초탈한 목소리로 대답했다.

"누가 꽃길을 포기하고 가시밭길을 가고 싶겠나?"

'아무리 그래도 그렇지.'

서승진은 적은 나이가 아니다.

그럼에도 불구하고 이번 사건을 듣고 이건 인권 변호사들이 참여해야 하는 일이라면서 적극적으로 나섰다.

그런데 정작 다른 변호사들이 오지 않은 것이다.

"핑계는 많더군. 일이 많다는 둥, 그런 사건은 자기 취향이 아니라는 둥."

"일이 많아요? 취향요?"

새론에서 가장 일을 많이 하는 변호사는 다름 아닌 노형진이다.

그런 노형진조차 전면에 나섰는데 일이 많다고 빠진다?

더군다나 이건 일이다.

그것도 새론에서 새롭게 시작하는 거대 프로젝트.

그런데 뭐라고? 취향?

"인간이 영원할 수는 없지 않나."

서승진은 안타까워하는 얼굴이었다.

"꿀을 빨았다 이거군요."

"꿀을 빨았다? 흠…… 틀린 말은 아니군."

새론의 시스템은 독보적이다.

사건이 없어도 최소한의 월급은 준다.

사건을 해결하기 위해 전담 팀이 붙어서 도와주고, 프로파일러가 도와준다.

안전은 따로 경호 팀이 책임진다.

심지어 정보 팀에서 원하는 정보까지 가져다준다.

"그게 자기가 잘나서 그런 건 줄 아나 보군요."

"그런 것 같더군."

송정한은 고개를 끄덕거렸다.

그런 시스템을 적용한 것은 새론에 속한 변호사들이 외압에 굴하지 않고 소신껏 변호할 수 있게 해 주기 위해서다.

"착각은 자유라니까."

그렇다 보니 승률이 높을 수밖에 없다.

여기에 오지 않은 사람들은 그게 자기 실력이라고 착각하고 있는 것이다.

"신입의 문제가 아니라 기성 변호사들까지 이참에 모조리 정리하죠."

"정리?"

"썩은 사과는 주변의 사과를 함께 썩게 만듭니다."

"썩은 사과라……."

그렇게 자기가 잘난 줄 아는 멍청한 변호사들은 밖에서도 새론의 변호사라고 거들먹거리면서 다닐 것이다.

"하긴…… 미꾸라지 한 마리가 개천을 흐린다는 말도 있지."

변호사라는 이유로 갑질이 몸에 밴 사람들이 많아질수록 새론의 이름은 더럽혀질 것이다.

나중에는 새론이 친서민 정책을 펴는 것에 대해 불만을 가지고 들고일어날지도 모른다.

그렇게 되면 새론이 추구했던 모든 것은 쓰레기통으로 들어가게 된다.

"우리 새론은 그들에게 수많은 이득을 주고 있지요. 시스템, 지원, 심지어 다른 곳에서는 꿈도 꾸지 못하는 프로파일러까지. 자고로 모든 권리에는 책임이 따릅니다."

송정한은 고개를 끄덕거렸다.

"이참에 싹 쳐 내자는 거로군."

"이번뿐만이 아니라 장기적으로 봤을 때 책무를 수행하지 않는 사람들은 쳐 내는 것이 정답입니다."

노형진은 잔혹하지만 확실하게 말했다.

이득만 챙기고 권리만 행사하려고 하는 사람들 때문에 세상이 망가진다. 그리고 변호사는 그걸 막아야 하는 사람들이고.

그런 곳에 그들을 내보낼 수는 없다.

"동감일세."

송정한은 고개를 끄덕거렸다.

당장 나가라고 할 수는 없지만 그들이 사회적인 책무를 하지 않겠다면 내보내면 된다. 그러면 이후에는 그 알량한 실력으로 사회에서 홀로 싸워야 할 것이다.

'뭐, 쉽지는 않을 거야.'

노형진이 만들어 둔 시스템 덕분에 아주 쉽게 이기는 것일 뿐, 바깥세상으로 나가면 그런 시스템은 없다.

그렇다면 그들의 실력은 도리어 떨어지는 수준인 셈이다.

"뭐, 그건 나중에 이야기하고, 일단 일을 진행하죠."

노형진의 말에 송정한은 고개를 끄덕거렸다. 그리고 변호사들이 있는 곳으로 가서 단상에 섰다.

"친애하는 새론의 변호사 여러분."

그렇게 시작된 송정한의 설명.

사전에 한번 설명하긴 했지만 자세하게 이야기할 필요가 있었기 때문이다.

"그래서 이번 티켓다방 구출 작전은 모든 변호사들이 함께 움직여야 합니다. 아니, 변호사뿐만 아니라 정보 팀, 그리고 새론의 모든 힘이 동원되는 프로젝트입니다."

"네에?"

"무슨⋯⋯."

웅성거리는 변호사들.

주요 고객인 대룡의 사건에도 새론의 모든 자원이 동원되지는 않았다. 그런데 새론의 모든 자원을 동원해 한다는 말에 깜짝 놀랐다.

"그건 좀 오버 아닌가요?"

사전에 어느 정도 이야기를 들었고 새론이 어떤 기업인지 알고 입사한 사람들이기 때문에 싫다는 소리는 하지 않았다.

하지만 그렇다고 해도 전력을 동원하겠다니.

쉽게 납득할 수 있는 이야기는 아니었다.

"상황에 따라서는 대룡에 도움을 요청할 수도 있습니다."

한술 더 떠서 대룡에 도움을 요청한다는 말에 다들 어리둥절했다.

"이런 말 하면 좀 싫어할지도 모르겠지만요, 고작 여자 몇명 구하는 거 아닙니까?"

그것도 무슨 중요한 여자들도 아니고, 성매매를 하면서 살아가고 있는 사람들이다.

그런데 새론의 모든 힘을 다 쓰는 것도 모자라서 심지어 필요하다면 대룡의 힘까지 빌리겠다니.

"지난번 염전 노예 사건 때도 이 정도는 아니었습니다만?"

거국적인 구출 프로젝트는 이번이 처음이 아니었다.

새론이 거대화할 수 있었던 첫 번째 사건이자 우발적으로 벌어진 구출 프로젝트인 염전 노예 사건.

노형진이 우연히 접한 사건을 함께 해결하면서 그 당시 중앙수사본부 부장이었던 김성식의 지원을 받아 전국에 있는 염전 노예들을 구출해 그들의 소송을 대리했다.

그 과정에서 막대한 수익을 올렸고, 그 덕분에 새론은 순식간에 거대한 규모로 성장할 수 있었다.

"그때에는 뭐 우연히 시작된 일이니까 그렇다고 쳐도, 사람 몇 명을 구하는 데 전력을 다하다니 이해하기 힘드네요."

그는 그 당시에 새론에 있던 사람, 즉 창립 멤버다.

그런 만큼 이런 질문이 나오는 건 다분히 당연한 면이 있었다.

"그 부분에 대해서는 제가 답변하겠습니다."

노형진은 앞으로 나서서 단상에 섰다.

"친애하는 변호사 여러분, 여러분들 중 일부는 그 당시 사건을 함께하셨을 겁니다. 그리고 대부분은 그 사건에 대해 들어 보셨을 테고요."

변호사들은 고개를 끄덕거렸다.

그 사건은 무척이나 유명하다. 새론의 주요 목적 중 하나인 기획 소송의 가장 근본적인 형태이기도 하고 말이다.

그래서 입사하면 한 번은 배우게 되는 소송이다.

"하지만 이건 그 사건과 본질적으로 다릅니다."

"다르다니요? 어떻게요?"

"이 사건은 기본적으로 개인이 아니라 지역 전체와 싸워야 합니다."

"네에?"

"뭐라고요?"

"지역 전체라니, 그게 무슨 말입니까?"

깜짝 놀라서 바라보는 사람들.

이건 생각지도 못한 말이었기 때문이다.

하지만 노형진은 이 사건이 어떤 피바람을 불러일으킬지 알고 있었다.

"염전 노예 사건은 지역과는 아무런 관련이 없었습니다. 지역 주민들도 알면서 방치는 했을지언정, 사건 자체와는 아무런 접점이 없었지요. 그러니 아무런 문제도 되지 않았습니다. 하지만 이번 사건은 지역과 접점이 너무 많습니다."

"많다고요?"

"일단 거기 사는 남자들 중 성매매를 한 번도 안 했을 사람이 얼마나 될까요?"

"……."

그 순간 변호사들은 아무런 말도 하지 못했다.

여자가 없는 그런 곳에서 과연 젊은 남자들이 성매매를 안 했을까?

"성매매를 한 그 순간, 그들은 납치 감금의 종범이나 마찬가지입니다."

"음……."

물론 약간은 법적인 문제가 있는 부분이기는 하다.

완벽하게 종범이라고 할 수는 없다.

하지만 그들이 과연 여자들이 강제로 끌려온 것을 몰랐을까?

몰랐을 리 없다.

그런데 그걸 알면서도 성매매를 했다.

"당연히 이건 큰 문제가 될 겁니다. 그리고 그 지역의 경찰들 역시 해당 성매매에 참가했을 가능성이 높지요."

"그러면……."

"네, 해당 지역의 주민들과 지방단체, 어쩌면 경찰과도 싸워야 할지 모릅니다."

"……."

변호사들은 아무런 말도 하지 못했다.

말도 안 되는 소리라고 이야기하고 싶지만, 그들은 변호사다. 일이 터지면 일단 덮으려고 하는, 소위 말하는 윗대가리들에 대해 너무나 잘 알고 있었다.

"성매매를 한 경찰이 있으면 그걸 덮으려고 하겠지요."

그리고 그게 문제가 되면 또다시 덮으려고 한다.

그게 현실이다.

"아마 대한민국 역사상 가장 큰 법적인 공방이 오갈지도 모릅니다."

"끄응……."

수천 명의 피해자들. 그리고 수만 명의 가해자들.

"그리고 경찰은 이런 사건에 손쓰지 않지."

뒤에 있던 송정한이 앞으로 나서면서 이야기를 넘겨받았다.

"알다시피 이런 사건은 한번 터지면 터무니없이 커지기 때문에 경찰이든 정부든 엄청난 부담이 됩니다. 그래서 대부분은 무마시키지요."

수십 년간 이런 일이 반복되는 것은 그런 경찰과 정부의 멍청한 짓 때문이다.

한 번에 제대로 근절해서 뿌리 뽑으려 들면 일이 너무 커지다 보니 대충 무마시키는 것이다.

그리고 다시 일이 터져도 주변만 처리하고 무마시키고.

"하지만 새론은 다르지요."

새론은 이권 단체다. 그리고 이런 사건이 있으면 그걸 통해 막대한 수익을 낼 수 있다.

즉, 사건이 있으면 언제든 달려간다. 절대로 무마될 수가 없다.

"젠장……."

선두에 있던 변호사 한 명이 작게 중얼거리는 욕설에 다들 침을 꿀꺽 삼켰다.

"뭐…… 가스총 같은 거라도 사야 하나?"

반쯤 농담 아닌 농담이었지만 사람들에게는 진심으로 느껴질 수밖에 없었다.

섬이다. 들어가면 언제 나올 수 있을지 모른다. 실종되어도 아무도 모를 수도 있다.

그런 곳에 사건을 해결하러 간다니 위험할 수밖에 없다.

"사 두세요."

노형진은 진지하게 말했다.

이 사건에서 설마란 말은 할 수가 없었다.

"세상일은 모르는 거니까요."

"후우."

변호사들은 동시에 한숨을 푹푹 내쉬기 시작했다.

암행어사 출두야

"여긴가유?"

"네."

노형진은 주변을 보면서 고개를 끄덕거렸다.

그리고 옆에 있던 강성태는 얼굴을 찌푸렸다.

"넓기는 하네유."

"섬치고는 넓은 곳이니까요."

흑모도는 관광객이 많이 오는 섬 중 하나다.

한국에서도 관광지로 유명한 섬이기도 하고.

"그런데 여기에 있을까유?"

"있기를 바라야지요."

노형진이 여기에 온 것은 강성태가 받은 편지의 주인공을 찾기 위해서였다.

그녀뿐만 아니라 여기에 있는 다른 사람들을 구하기 위해 온 것이기도 하다.

"그나저나 우리 세 명이서 될까유?"

걱정스럽게 말하는 강성태. 그러면서 뒤에 서 있는 정우찬을 힐끗 돌아보았다.

하지만 정우찬은 무표정한 얼굴로 주변을 살펴볼 뿐이었다.

"되기를 바라야지요. 섬은 많고 인원은 부족합니다. 그렇다고 천천히 구하는 것도 위험한 일이고요. 그러니 최대한 쪼개는 수밖에 없습니다."

"그렇기는 한데……."

섬은 많고 거기에 잡혀 있는 여자도 많을 것이다.

한 섬당 한 명만 있을 리 없으니까.

'그걸 차근차근 구해 내는 것은 불가능해.'

섬 같은 곳은 집단 결속이 엄청나게 심하다. 그래서 소문이 나는 순간 번개같이 피해자를 엉뚱한 곳에다 감춘다.

실제로도 새론에서 꾸준하게 염전 노예 관련 정보를 모으고 구출하고 있음에도 불구하고 그들은 끊임없이 나왔다.

한창 시끄러울 때에는 감춰 났다가 다시 꺼내 오는 것이다.

"지난번의 그 꼴이 나면 안 됩니다."

"그렇지유. 절대 그러면 안 되쥬."

강성태는 노형진의 말에 얼굴을 찌푸렸다.

강성태도 알고 있는 사건.

그건 다름 아닌 염전 노예 구출 중에 벌어진 사건이었다.

여러 명이 잡혀 있다는 소식을 듣고 새론 법무 팀이 달려갔을 때, 그곳은 텅 비어 있었다.

주인은 원래 자기 혼자 했다고 우겼지만 말도 안 되는 소리였다. 그 규모가 있기 때문이다.

어찌 되었건 새론에서는 또다시 정보를 알아채고 어디에다가 숨긴 거라 생각하고 물러나려 했는데, 그 와중에 우연히 핏자국이 발견되었다.

뭔가 이상하다는 사실을 눈치챈 새론에서 주변을 수색한 결과 상당량의 피가 발견되었고, 결국 경찰까지 나서서 수사를 했다.

그 결과 염전 주인이 발각을 두려워한 나머지 다섯 명이나 되는 희생자를 죽여서 파묻어 버린 것이 드러났다.

"염전은 그나마 움직이기 힘든 땅입니다. 하지만 여기는 섬입니다. 바다로 나가서 버리면 찾지도 못해요."

"그렇지유……."

만일 누군가를 죽여서, 또는 죽이지는 않는다고 하더라도 끌고 가서 바다에 던져 버리면 그들은 살아남지 못한다.

그게 현실이다.

"매년 적지 않은 사람이 섬에서 실종됩니다."

공식적으로 그들은 실종으로 정리된다.

하지만 이 작은 섬에서 나가는 배는 하나뿐이다.

그런데 그걸 타고 나간 흔적이 없다면, 실종이 과연 무슨 뜻이겠는가?

'심각한 문제야.'

노형진이 곰곰이 생각하는 사이에 강성태가 슬며시 어디론가 향했다.

"어디 가십니까?"

그러자 히죽 웃는 강성태.

"방 잡으려고유."

"방?"

"설마 변호사님이 가서 여자 대령하라고 하려구유?"

노형진은 어벙한 표정이 되었다.

'확실히 이상하기는 하네.'

사람이 깔끔한 게 좋다고 하지만 마냥 좋기만 한 것은 아니다.

이런 곳에서 멀끔한 남자가 여자를 찾는다는 건 약간은 어색한 일이다.

"제가 알아서 할게유. 노 변호사님은 그저 따라오기만 하셔유."

"하하."

노형진은 그저 웃을 수밖에 없었다.

"허름하군요."

"노 변호사님이 가시는 그런 호텔은 없어유."

"전 호텔 갈 일이 없습니다. 제가 무슨 호텔을 갑니까?"

노형진은 그렇게 말하면서 문밖을 바라보았다.

왔다 갔다 하는 수많은 사람들. 그들은 무심하게 관광을 즐기고 있을 뿐이었다.

"들어올 때 방은 잡으셨쥬?"

"일단은요."

노형진과 정우찬은 강성태의 말대로 각자 방을 하나씩 잡았다.

이 섬에 아가씨가 몇 명이나 있는지, 그리고 그중에서 누가 올지 알 수가 없는 상황이다.

그렇다고 시간 차를 두고 부르면 같은 아가씨가 여러 번 올 수도 있고 말이다.

"각자 자기 방에 가셔서 아가씨 부르셔유. 부르는 법은 알려 드렸쥬?"

"그렇기는 한데……."

역시 강성태라고 해야 하나?

슬쩍 모텔 주인에게 가서 아가씨를 부르는 방법을 알아내어 온 것이다.

그는 관광하러 온 사람처럼 천연덕스럽게 행동하는 중이었다.

"그러면 즐거운 밤 보내셔유."

히죽 웃으면서 노형진과 정우찬을 밖으로 내모는 강성태.

노형진은 어깨를 으쓱하고 자신의 방으로 가려고 했다.

"노 변호사님."

"네?"

그런데 의외의 문제가 있었다. 바로 정우찬이었다.

"여자가 오면 어떻게 해야 합니까? 일단 도망 못 가게 묶어 둘까요?"

"우리는 그 여자들을 구하러 온 겁니다. 그런데 묶어 둘 필요까지야……."

"여자 말고, 여자를 데리고 오는 사람들 말입니다."

"아!"

노형진은 아차 했다.

여자가 혼자 올 리 없다는 사실을 망각한 것이다.

'불러 봤어야 말이지.'

생각해 보니 강제로 잡아 두고 있는 사람들을 혼자 보낼 리 없다.

당연히 그들을 감시할 누군가를 함께 보낼 것이다.

"끄응……."

노형진은 잠시 고민했다.

일단 잡아 두고 차근차근 이야기하자는 자신의 계획이 잘 못된 것이다.

정해진 시간 내에 돌아가지 않으면 아마도 그 녀석들이 들 이닥칠 가능성이 높았다.

"어떻게 할까요? 일단 제압할까요?"

"아니요. 그건 그다지 좋은 생각은 아닙니다."

일단 이 섬에 들어온 이상 모두가 적대적이라는 가정하에 움직여야 한다.

섣불리 건드리면 곤란하다.

"하아…… 방법은 하나뿐이군요."

"어떤?"

"끊어야지요."

"뭘 끊습니까?"

다시 묻는 정우찬의 질문에 노형진은 씁쓸하게 말했다.

"뭐겠습니까? 티켓이지."

⚖

"오빠, 나 한 잔 마신다."

'저기, 아무리 봐도 내가 오빠는 아닌 것 같은데…….'

노형진은 자신의 앞에 온 여자를 보면서 입맛을 다셨다.

나이는 대략 40대 초중반쯤 되어 보이는 여자였다.

'여기까지 팔려 왔으니 당연하다면 당연한 건가?'

처음에는 서울, 그다음에는 경기도 하는 식으로 점점 험악한 곳으로 팔려 가다가 결국은 도착하는 곳이 바로 이런 섬이다.

오죽하면 옛날 사람들이 섬에 팔려 가는 게 말 그대로 인생이 끝장나는 것을 뜻한다고 생각했겠는가?

"그러세요."

노형진은 일단 고개를 끄덕거렸다.

어차피 공식적으로는 커피를 사러 온 사람이니까.

"땡큐."

커피 잔에 따라지는 한 잔의 커피.

노형진은 그걸 보고 약간 돈이 아까워졌다.

'이건 뭐…… 바가지도 이런 바가지가…….'

한 잔에 1만 원.

그나마 원두나 아메리카노도 아니고 다방 커피다.

하긴, 애초에 커피 팔러 온 게 아니니 무슨 의미가 있겠냐마는.

"저기……."

"한 시간 15만 원."

노형진이 묻기도 전에 나오는 가격.

그녀는 마치 익숙하다는 듯 말했다.

"잘해 줄게. 끊어 봐."

"한 시간에 15만 원요?"

"응."

노형진은 쩝쩝거리면서 입을 다셨다.

'생각지도 못한 돈이 나가게 생겼네.'

불러서 대화할 생각만 했지 시간을 산다는 생각은 하지 않았기 때문에, 사전에 이야기가 없었다.

하지만 이런 식이면 다른 곳에 나가 있는 사람들도 결국은 비슷한 금액을 내고 시간을 사서 이야기해야 한다는 뜻이다.

그래야 의심을 안 받을 테니까.

"두 시간 하죠."

"뭐?"

노형진의 말에 얼굴이 환해지는 여자.

"두 시간?"

"네."

"선불인데?"

"여기."

노형진이 30만 원을 내놓자 잽싸게 받아 챙기고는 전화하는 여자.

"어, 두 시간 콜."

'역시.'

노형진은 그걸 보고 자신들의 생각대로 누군가 데리고 왔다는 사실을 알아차렸다.

지금 전화는 그에게 하는 전화일 것이다.

"내가 잘해 줄게."

전화를 끊기 무섭게 바로 옷을 벗으려고 하는 여자.

노형진은 그런 그녀를 말렸다.

"잠깐만요. 전 그런 목적으로 끊은 거 아닙니다."

"응?"

뭔가 이상하다는 얼굴로 노형진을 바라보는 여자.

노형진은 그녀를 바라보면서 진지하게 이야기하기 시작했다.

"사람을 찾으러 왔습니다."

"사람?"

"네."

다짜고짜 구해 주겠다고 하면 믿을 사람이 과연 얼마나 될까?

당연히 그다지 많지는 않을 것이다.

결국 상대가 믿을 만한 다른 이유로 접근하는 것이 최선이었다.

"그런데 왜 날 불렀어요?"

"누가 올지 모르니까요."

눈썹이 꿈틀거리는 여자.

그럴 수밖에 없는 게, 그렇다는 것은 그 찾는다는 사람이 누군지는 모르지만 자신 같은 처지라는 뜻이기 때문이다.

"난 몰라요."

"묻지도 않았습니다."

다짜고짜 모른다고 잡아떼는 그녀의 눈빛에서 노형진은 직감적으로 그녀도 피해자라는 사실을 알아차렸다.

저런 공포의 눈빛은 그냥 생기는 것이 결코 아니다.

"조미수라는 분을 찾습니다."

"난 그런 사람 몰라요."

황급히 일어나서 나가려고 하는 그녀.

노형진은 입구를 가로막았다.

"모르는 것 같지 않은데요."

노형진은 그러면서 그녀의 손을 꽉 잡았다. 그리고 그녀의 기억을 읽기 시작했다.

"당신도 같은 처지인 것 같은데 이 기회를 이대로 날릴 겁니까, 광숙 씨?"

"헉!"

그녀는 자신도 모르게 다리가 풀리면서 주저앉았다.

광숙. 자신의 이름.

이곳에서 불릴 리 없는 이름이다.

이곳에서 자신은 말자라는 가짜 이름을 쓰고 있다.

이 섬에서 누구도 알지 못하고 관심도 가지지 않는, 자신의 진짜 이름인 광숙.

"어…… 어떻게?"

"방법이 있지요. 당신도 여기서 나가고 싶지 않습니까?"

"……."

"도와주신다면 나갈 수 있게 해 드리겠습니다."

미심쩍은 얼굴로 바라보는 광숙.

"어차피 한 명을 빼돌리나 두 명을 빼돌리나, 별 차이는 없으니까요."

"……."

광숙은 잠시 침묵을 지켰다.

노형진은 그녀가 일단 진정된 듯하자 몸을 돌려 침대에 걸터앉았다.

"시간은 많습니다. 의자에 앉아서 천천히 생각하세요."

노형진의 말에 그녀는 순순히 의자에 앉아서 침묵을 지켰다.

어차피 두 시간이나 끊어 놨으니 그놈들이 중간에 들이닥칠 가능성은 없다.

"내가…… 어떻게 당신을 믿죠?"

지금까지 다른 곳에서 온 사람들에게 도와 달라고 한 적이 없는 것이 아니다.

하지만 그들은 도와주지 않았다.

그나마 모른 척한 것은 양반이다.

도와 달라고 하자 그럼 공짜로 하겠다고 하는 놈도 있었고, 심지어 포주한테 모조리 까발리는 놈도 있었다.

"지금까지 도와주겠다고 한 사람이 저 말고 또 있었습니까? 그것도 먼저요."

"하지만…… 그 사람들의 함정일 수도 있잖아요?"

노형진은 피식 웃었다.

여기서 '그 사람들'이란 포주들을 말한다는 걸 모를 리 없다.

"그 사람들이 함정을 팔 이유가 있습니까? 애초에 이런 함정을 팔 머리나 됩니까?"

"……."

광숙은 아무런 말도 하지 못했다, 맞는 말이기 때문에.

그들이 자신에게 함정을 팔 이유가 없다. 판다고 해도 무슨 이득이 있겠는가?

애초에 탈출을 포기한 거 뻔히 아는데 말이다.

"어차피 여기에 오래 있어 봐야 좋은 꼴 못 본다는 거 아실 텐데요?"

"……."

여기서도 늙어서 버려지면 순순히 집으로 돌려보내 줄까?

그건 희망 사항이다.

나가서 신고할 만한 사람을 보내 줄 것 같지는 않다.

늙어서 은퇴했다는 사람을 그녀는 딱 두 명 안다.

한 명은 자살했다. 아니, 그렇게 소문이 났다.

그리고 한 명은 실종됐다.

어느 순간 자신에게 사라져 버렸는데, 말로는 은퇴해서 나갔다고 하지만…….

"어쩌실 생각인가요?"

"말 그대로입니다. 구해 드리죠. 물론 저희를 도와주신다는 가정하에 말입니다."

"……."

광숙은 침을 꿀꺽 삼켰다.

어쩌면 여기서 벗어날 수 있을지 모른다는 생각이 들었기 때문이다.

"조미수 씨가 어디에 있는지 아십니까?"

"미수 동생은 여기에 안 왔어요."

'역시.'

만일 왔다면 다른 방에서 연락이 왔어야 했다.

그런데 연락이 없다는 건 다른 방에도 없다는 뜻이다.

'그나마 다행인 건가?'

죽었을지도 모른다고 생각했는데 다행히 멀쩡하게 살아 있는 모양이다.

"그런데 미수 동생을 어떻게 아는 거죠?"

"그분이 동생에게 구조 요청을 하셨습니다."

"동생? 하지만 동생은 교도소에 있다고 들었는데."

그 말에 노형진은 그 사람이 자신이 찾는 조미수가 맞다는 확신이 들었다.

"맞습니다. 그 동생이 출소하는 동료에게 편지를 주면서 구조를 요청했고, 저희 법무 법인에서 그 의뢰를 받았지요."

"법무 법인요?"

"정식으로 인사하죠. 법무 법인 새론의 노형진 변호사입니다."

그 말에 광숙의 얼굴이 급속도로 환해졌다.

변호사라는 말에 조금 남은 의심마저 사라진 것이다.

포주가 뭐가 아쉬워서 변호사까지 동원하여 자신에게 함
정을 파겠는가?

"여기에 잡혀 있는 사람이 얼마나 됩니까?"

"저희 가게에만 다섯 명요."

"가게에만?"

"다른 가게도 있으니까요."

노형진의 눈썹이 살짝 올라갔다.

'생각보다 업소가 많다는 뜻인가?'

물론 강남 같은 곳에 비할 것은 아니지만, 그래도 여기도
적지 않은 수의 업소가 있는 모양이다.

하긴, 흑모도의 주민 수는 2,500명 정도로, 그중 남자는
1,800명이 넘는다. 그러니 장사가 잘될 수밖에 없다.

"그럼 여기에 있는 여자는 전부 몇 명이나 됩니까?"

"서른 명쯤 돼요. 그중에서 자발적으로 온 사람이 열 명
정도 되고요."

"흠……."

자발적으로 성매매를 하려는 사람이 없는 것은 아니니 그
건 이해한다.

그러나 나이를 먹고 더 이상 일할 곳이 없어져서 쫓겨 오

다시피 한 사람도 있으니까…….

"하지만 스무 명은 대부분 빚 때문에 팔려 온 거예요."

"그렇겠지요."

자본주의의 그림자라고 해야 할까?

과거처럼 강제로 납치해 데려가는 게 아니라 말도 안 되는 빚을 지워서 데려간다.

물론 변호사나 경찰의 도움을 받으면 탈출할 수 있다.

그 빚이라는 것 자체가 소개비와 같은 터무니없는 비용이기 때문이다.

'하지만 그걸 가만둘 리 없지.'

그러나 저들은 경찰이나 다른 사람들에게 도움을 요청하는 것을 원천적으로 막는다.

그렇기 때문에 탈출을 못 하는 것이고.

"생각보다 많군요."

"……."

이곳만 스무 명.

보통 사람이 사는 섬의 인구가 2천 명쯤 된다고 치면 다른 곳도 못해도 열 명 이상의 사람들이 잡혀 있다는 뜻이다.

'부족해.'

새론만으로는 부족한 상황.

"일단 상황은 알겠습니다. 그런데 저희가 찾는 조미수 씨는 어디에 있습니까?"

"경찰서에……."

"네?"

"경찰서에 갔어요."

"경찰서요? 여기는 경찰서가 없는 걸로 아는데?"

"파출소는 있죠."

"아!"

사람들은 섬에 경찰이 아예 없다고 생각하는 경우가 많다.

하지만 대부분의 경우 섬에도 경찰이 있다. 지구대라는 형태로 말이다.

즉, 경찰이 없어서가 아니라 경찰이 합심해 범죄를 은폐하는 것이다.

"그런데 거기를 왜 갔습니까?"

"배달을……."

노형진의 얼굴이 일그러졌다.

무슨 뜻인지 알아차린 것이다.

"파출소에 설마 커피가 없어서 배달하러 갔을 리는 없겠지요?"

"……."

"쩝……."

차 배달이라고 하지만 사실상 상납하러 간 것이다.

상납은 여기만의 문제가 아니다. 서울에서도 상납은 일상적인 일이다.

일반적으로 상납은 정기 상납과 인사 상납이 있다.

정기 상납은 정해진 기간—보통 한 달에 한 번 정도 이루어지며, 인사 상납은 새로운 여직원이 오는 경우 이루어진다.

물론 동시에 이루어지는 경우도 많다.

"상납이라……."

그렇다면 당장 꺼낼 수는 없다는 소리다.

'애초에 다른 사람들을 다 꺼내야 하니 타초경사의 우를 범할 수는 없지.'

노형진은 고민하면서 한숨을 쉬는 수밖에 없었다.

"어떻게 생각합니까?"

"완전 개판이던데유?"

강성태는 고개를 절레절레 흔들었다.

그러면서 자신이 들은 이야기를 차근차근 꺼내기 시작했다.

"뭐, 자기는 팔려 오다시피 했다네유."

강성태의 말에 따르면 여기에 올 때 빚이 1천만 원이었다고 한다.

하지만 현재 빚은 4천만 원.

일하면 일할수록 점점 빚이 늘어나는 구조.

"그래서 일하기 싫어서 저항도 했다고 하더라구유."

그러나 그 대가는 모진 매질이었다.

더군다나 그렇게 구타를 당하면 몸이 아파서 일을 못 하는 것이 정상이다.

그런데 그날마저 자뻑, 그러니까 사납금을 요구하는 바람에 빚은 터무니없이 늘어나고 있는 상황이라고 한다.

"그런데 그게 가능한가유?"

"핑계일 뿐입니다. 말도 안 되는 소리죠."

애초에 소개비가 1천만 원이나 된다는 것이 말이 안 된다.

그렇다고 해서 그들이 엄청나게 챙겨 주거나 중간에서 협상하는 것도 아니고 말이다.

'애초에 소개비라는 게 말이 되느냐고.'

소개비라는 건 자리는 없는데 하고자 하는 사람이 많을 때 비밀리에 오가는 금액이다.

그런데 이런 섬은 반대로 하고자 하는 사람은 없는데 여자를 찾는 곳은 많다. 그렇다면 정상적인 상황이라면 소개비는 여자가 아니라 포주가 내야 한다.

그런데 포주들은 그걸 빚으로 뒤집어씌우는 것이다.

"정우찬 씨는 어떻습니까?"

"그 사람은 팔려 온 것 같지 않더군요."

"그래요?"

"네. 그래서 자세하게 물어보지는 않았습니다."

"잘하셨습니다."

팔려 온 사람이 아니라면, 재수 없으면 포주에게 다 까발릴 수도 있으니까.

"조미수는 찾았습니까?"

"파출소에 차 배달하러 갔다고 하더군요."

"음……."

강성태는 상황을 알아차리고는 고개를 끄덕거렸다.

"그러면 어쩌실 건가유?"

"글쎄요……. 들어 보니 한꺼번에 스무 명 정도 탈출시켜야 할 듯합니다. 이 섬에는 스무 명 정도인 것 같더군요."

"거참, 기가 막히네유. 여기에 사람이 얼마나 된다고 서른 명이나 된대유?"

"그러게 말입니다."

남자가 1,800명이라고 해도, 나이 먹은 사람들과 결혼한 사람들을 빼고 나면 그리 많이 남지 않는다.

그런데 그 숫자를 두고 서른 명이라니.

"노 변호사님, 그러면 그들을 어떻게 구출할까요? 다른 경호 팀을 부를까요?"

정우찬의 말에 노형진은 고개를 흔들었다.

"그러면 안 됩니다. 우리는 전면전을 할 상황이 아닙니다."

만일 다른 경호원들을 부르면 그쪽에서 보호에 문제가 생긴다.

안 그래도 사람이 부족해서 경호원을 외부에서 추가로 동원하기까지 한 상황이다.

그런데 경호원을 그냥 부를 수는 없는 노릇.

"그러면 다른 경호 업체를 부를까요?"

"그건 별로 좋은 선택은 아니네요."

경호 업체들은 많다.

하지만 상당수는 정상적인 곳이 아니라 조폭들이 명목상으로 만든 곳이다.

이번에 제대로 된 곳들을 고용하기는 했지만, 그마저도 엄청나게 고생했다. 갑자기 경호원들의 숫자가 확 늘어나는 것은 아니니까.

"그런 놈들이라도 쓸 수는 있을 텐데요?"

"그럴 수는 있죠. 하지만 나중에 그놈들이 여기를 노릴 겁니다."

"이해했습니다."

노형진의 말에 정우찬은 더 이상 묻지 않았다.

사실 이이제이라고 해서, 경호원을 가장한 조폭들도 동원할까 하는 생각을 했다.

하지만 그 이후, 그 녀석들이 여기를 그냥 비워 둘까?

그럴 리 없다.

기존의 세력을 쫓아낸다면 이곳을 집어삼키겠다고 덤빌테고, 결과적으로 이번에는 구출하겠지만 다른 사람들이 또팔려 오는 악순환이 이어질 것이다.

"그 악순환을 끝내려면 그들을 끌어들이면 안 됩니다."

"그러면 어떻게 사람들을 구할까요?"
노형진은 얼굴을 찌푸릴 수밖에 없었다.

−그래서 아직도 방법을 못 찾았나?

인터넷으로 연결된 화상회의.
노형진은 화면에 나타난 송정한의 얼굴을 보면서 걱정스
럽게 물었다.
"숫자가 너무 많습니다. 다른 곳들은 어떤가요?"

−다른 곳들은 그리 많은 편이 아니야. 흑모도야 워낙 유명한 곳
아닌가?

"그렇기는 합니다만……."
단순히 주민뿐만 아니라 관광객을 상대하기 위해 상당한
숫자가 필요했을 수도 있다.
"그럼 다른 곳들의 구출 작전은 어떻게 됩니까?"

−원래 계획대로 하기로 했네.

원래 계획은 간단하다.

단체 관광객으로 위장해 동시에 여자들을 부른다. 그 후에 감시하는 녀석들을 피해 배를 타고 탈출하는 것이다.

"가능할까요?"

─다른 곳은 많아 봐야 다섯 명 정도니까.

"그런가요?"

─그래. 그 이하의 섬은 수익률 문제 때문인지 아예 없더군.

"하긴."

여자들을 강제로 데리고 있는 인간들도 공짜로 일하는 것은 아니다.

당연히 돈을 많이 벌 생각에 여자들을 강제로 잡아 두고 있는 건데 돈이 그 이하로 벌릴 경우 자신들에게 들어오는 돈이 터무니없이 적어지기 때문에, 결국은 어느 정도 규모가 되는 섬 위주로 끌려갔을 것이다.

─하지만 흑모도는 영 문제군.

"스무 명이나 되니까요. 동시에 부르는 데에는 한계가 있습니다."

─그렇겠지. 더군다나 소속이 다르면 감시하는 자들도 따로 올 텐데, 그들의 눈을 모두 피해 데리고 가는 게 쉬운 건 아닐 테지.

송정한은 화면 속에서 걱정스러운 얼굴이 되었다.

─차라리 강행 돌파는 어떤가?

"강행 돌파요?"

─그래. 어차피 그들은 여자들을 강제로 잡아 두고 있는 상황 아닌가? 그러니 감시하는 자들을 제압하고 바로 튀는 거지.

"흠……."
노형진은 잠시 생각에 잠겼다.
사실 강행 돌파는 가능하면 피하고 싶었다. 하지만 영 방법이 없어 보였다.
"방법이 그것밖에 없는 것 같군요."
강행 돌파를 하게 되면 필연적으로 폭행 같은 것에 대한 문제가 생긴다. 그래서 최대한 몰래 빠져나가려고 했던 것이다.
하지만 이 상황에서는 강행 돌파 말고는 답이 보이지 않았다.

–그런데 그러기에는 사람이 부족하지 않나?

"그렇기는 하죠."
고작 세 명. 그 숫자로 강행 돌파를 하는 것은 무리다.

–일단 다른 사람들을 보내 주겠네.

"네, 그러세요."
노형진은 순순히 고개를 끄덕거렸다.
물론 보내 준다는 사람들이 어떤 사람인지는 모른다. 그러
나 현재로써는 상황이 급한 만큼 사람을 가릴 틈이 없었다.
"기다리고 있겠습니다."
화상회의는 그렇게 마무리되었다.

⚖️

"오래 걸리네유."
강성태의 말에 노형진은 고개를 끄덕거렸다.
"아무래도 사람을 구하는 게 쉬운 일은 아닐 테니까요. 송
변호사님도 저와 비슷한 생각을 할 겁니다."

정상적인 업체를 구하려고 하다 보니 그다지 많은 수가 남지 않은 것이다.

"그나저나 진짜 강행 돌파하려구유?"

"해 봐야지요."

그거 말고는 노형진으로서도 도무지 방법이 없었다.

물론 경찰에게 도움을 청하는 방법도 있다.

하지만 섬 내부의 파출소에 있는 경찰은 도와줄 리 없으니 외부에 있는 경찰을 데리고 오기 위해 연락하는 순간 전 섬으로 소식이 전해지면서 순식간에 숨어 버릴 가능성이 크다.

"그러니 최대한 조심스럽게 움직여야 합니다."

노형진은 그렇게 생각하고 있었다.

그러나 하늘은 노형진의 편이 아니었다.

"젠장……."

하늘이 꾸물꾸물하고 흐릿한 것이, 비가 올 것 같은 날씨였다.

"지랄 같네유."

"그러게 말입니다."

이제 가을이 끝나 가는 시점에 태풍이 온다는 것은 반갑지 않은 일이었다.

"아무래도 시간을 좀 미뤄야겠네요."

일단 사람들을 태우고 나가야 한다. 그런데 이런 날씨면 배가 뜨지도 못한다.

게다가 강행 돌파를 하려면 사람이 필요한데, 그 사람도 아직 도착하지 못했다.

"일단은 기다립시다."

노형진은 그렇게 말하고 흐려진 하늘을 바라볼 뿐이었다.

⚖

늦은 밤, 노형진은 여관에서 잠들어 있었다.

지난 며칠간 계속 아가씨들을 부르면서 자발적인 사람과 탈출할 사람을 구분하여 대충 이야기는 모두 끝난 상태였다.

"쿠우울."

깊은 잠을 자던 그는 머리 바로 옆에서 들리는 작은 소리에 예민하게 반응하면서 일어날 수밖에 없었다.

띠리링, 띠리링.

끊임없이 울리는 전화벨 소리.

노형진은 잠결에 그걸 받아 들었다.

"여보세요."

─노형진 변호사님?

"누구……."

낯선 번호였기 때문에 순간 갸웃하던 노형진은 잠이 좀 깨는 듯하자 그 번호가 기억났다.

"광숙 씨?"

처음에 만났던 광숙이라는 여자였다.

그녀에게 비상시에 대비해 준비해 둔 여분의 전화기를 주었다. 쓰지 않는 전화기여서 바로 번호를 떠올리지는 못했지만 말이다.

광숙을 비롯해 강제로 잡혀 있는 사람들에게는 핸드폰도 없었다. 혹시 신고라도 할까 봐 아예 갖지 못하게 한 것이다.

그래서 연락을 위해 자신의 비상용 핸드폰을 준 것이다.

"어쩐 일이십니까?"

ㅡ큰일 났어요! 도와주세요!

"도와 달라니요?"

ㅡ미수가…… 미수가 쓰러졌어요!

"네에?"

노형진은 그 말에 조금 남아 있던 잠이 통째로 날아갔다. 전혀 생각하지 못했던 말이기 때문이다.

"쓰러지다니, 무슨 말입니까?"

ㅡ갑자기 배를 잡고 쓰러졌어요. 당장 여기서 빼내야 해요!

"갑자기 왜요?"

ㅡ모르겠어요…….

"큭……."

노형진은 곤란한 얼굴이 되었다. 그러고는 벌떡 일어나서 옷을 입기 시작했다.

"일단 사람을 부르세요. 구급차나…… 아니, 일단 여기에 보건소는 있을 거 아닙니까?"

－못 가게 해요.

"못 가게 한다고요?"

－전에 보건소에 갔다가 거기서 신고해서 탈출한 여자가 있었대요.

"이런 미친⋯⋯. 그럼 아파서 죽어도 어쩔 수 없다는 겁니까?"

－네⋯⋯.

"이런 싯팔 새끼들."

공중보건의는 기본적으로 순환직이다.

그런 만큼 여기서 나가서 신고하기에 가장 좋은 사람들 중하나이기도 하다.

그렇다 보니 일부 여자들이 아프다는 핑계로 보건소에 가서 몇 번 구조 요청을 한 일이 있어서, 설혹 여자가 죽더라도보건소에는 보내지 않는다는 것이다.

'손해 볼 게 없다 이거지.'

여자가 죽어 봐야 포주에게는 손해가 없으니까.

주변이 다 바다니까 시체를 던지면 누구도 찾지 못한다.

애초에 그런 여자가 사라졌다고 실종 신고를 할 사람도 없고 말이다.

－제발 살려 주세요.

"크윽⋯⋯."

노형진은 이도 저도 할 수 없었다.

만일 지금 달려가서 그녀를 빼내 오면 말 그대로 벌집 쑤신듯이 난리가 날 것이다.

그렇다고 가만두었다가 조미수가 죽어 버리기라도 하면?

'아직은 배도 없을 텐데.'

만일 구출 작전을 한다면 여기에 있는 보건소가 아니라 병원으로 데려가야 한다.

보건소에서 해 줄 수 있는 수준의 치료는 뻔하니까.

응급조치야 가능하겠지만, 광숙의 말대로 제대로 일어나지도 못할 정도의 상황이라면 필히 병원으로 가야 한다.

'젠장……'

노형진은 하늘에 떠 있는 달을 보고는 이를 악물고 문을 나섰다.

'급하지만 어쩔 수 없다.'

만일 그녀만 데리고 탈출하면 나머지는 분명 숨어 버릴 게 뻔하다. 그러니 급하게라도 작전을 준비해야 한다.

"당장 그쪽으로 가겠습니다."

노형진은 다급하게 전화를 끊고 옆방으로 가서 자고 있던 강성태와 정우찬을 깨웠다.

"두 분 다 일어나세요. 어서요!"

"왜 그래유?"

눈을 비비면서 일어난 강성태가 어리둥절한 얼굴로 바라보자 노형진은 상황을 설명했다.

상황을 들은 강성태는 얼굴이 딱딱해졌다.

"그럼 지금 당장 그 사람들을 데리고 탈출해야 한다는 말인가유?"

"그래야지요."

자신들이 조미수를 데리고 나오면 당연히 부딪칠 테니 그들을 제압할 수밖에 없다.

조미수가 나오면 신고의 위험성이 커지니 당연히 그들은 여자들을 데리고 숨어 버릴 것이다.

'최악의 경우는……'

꼬리를 말기 위해 더 극악한 짓을 할지도 모른다.

"그럼 어떻게 해유? 첫 배는 내일 아침 11시예유."

"여객선은 포기합시다."

저들도 바보는 아니다.

자신들이 탈출하려고 한다면 여객선을 타는 수밖에 없다고 생각할 테니 당연히 여객선 선착장을 지킬 것이다.

"일단은 성태 씨가 부두로 가서 배를 수배해 보세요. 새벽이니까 조업을 나가려고 하는 배들이 있을 겁니다. 얼마가 되었든 구해 놓으세요."

"야!"

강성태는 번개같이 튀어 나갔다.

그러는 사이 조용히 일어난 정우찬은 가방을 열더니 주섬주섬 뭔가를 꺼내 들기 시작했다.

"헉."

노형진은 그걸 보고 침을 꿀꺽 삼켰다.

몇 개의 무기가 나왔는데, 3단 봉부터 심지어 던지는 칼까지 있었던 것이다.

"애석하게도 총기류는 못 구했습니다."

"아니, 왜……."

"이 섬에는 저뿐이니까요."

물론 노형진도 있지만 노형진의 전투력은 그다지 기대하지 않는다는 뜻이다.

"그렇게까지……."

"그럼 포주 녀석들은 어떻게 제압하실 생각입니까?"

"……."

포주들이 여자들을 순순히 보내 줄 리 없다는 것은 노형진이 가장 잘 안다.

"알겠습니다."

"제가 감옥에 가면 어머니를 부탁드립니다."

무심하게 말하는 그였다.

감옥에 갈 각오까지 하고 일을 하겠다는 것이다.

"일단은……."

노형진은 침을 꿀꺽 삼켰다.

"제가 작전을 짤 테니까 방법을 바꿔 봅시다."

"하지만 피할 수는 없을 텐데요?"

"피할 수는 없겠지만 최대한 충격을 줄일 수는 있겠지요."

노형진은 그렇게 말하면서 건물 밖으로 나갔다.

커다란 버스 한 대가 주차되어 있었다. 사람들을 대피시킬 때 쓰기 위해 미리 준비한 차량이었다.

"차량이 좀 좁겠지만…… 별수 없지요."

노형진은 얼굴을 살짝 찡그리더니 운전석으로 올라탔다.

"바로 시작합시다."

⚖️

"이게 무슨……."

의사는 당황한 얼굴로 노형진을 바라보았다.

"아니, 환자가 아프면 여기로 데려와야 할 거 아닙니까?"

"데리고 올 수가 없는 상황입니다."

"그렇다고 다짜고짜 날 불러내면 어쩌자는 겁니까?"

공중보건의는 짜증 나는 얼굴이었다.

그럴 수밖에 없다. 멀쩡하게 자고 있는데 급작스레 들이닥친 남자들이 다짜고짜 같이 가자고 말했기 때문이다.

"급합니다. 가 주십시오."

"아, 몰라요. 난 모르니까, 데리고 와요."

노형진은 얼굴을 찌푸렸다.

'망할 새끼.'

이런 곳에 멀쩡한 의사가 병원을 열 리 없다.

그래서 이런 곳에는 군대 대신에 이런 곳에서 활동하는 조건으로 공중보건의라고 하는 인턴이 온다.

노형진이 병역을 검찰관으로 치른 것처럼 말이다.

'나도 그러고 싶다고.'

하지만 그럴 수가 없는 게, 당장 그녀를 빼 올 수도 없거니와 설사 몰래 빼 온다고 해도 공중보건의 역시 남자라는 점에서는 심각한 문제가 되기 때문이다.

통제할 수 없는 이런 곳에서 혼자 사는 젊은 남자인 공중보건의가 그런 직업여성을 만났을 가능성은 무척이나 다분하다.

그렇다는 것은, 설사 몰래 빼 온다고 해도 그가 포주에게 연락할 가능성이 높다는 뜻이기도 하다.

물론 아닐 수도 있다. 하지만 그런 상황을 다 확인하기에는 상황이 너무 급박했다.

"급하니까 같이 갑시다. 최소한 진통제라도 처방해 줄 수 있지 않습니까?"

"내가 왜 가냐고. 그냥 그 사람 데리고 와. 내가 무슨 노예인 줄 알아? 지금이 어느 시대인데 왕진이야, 왕진이? 난 모르니까 데리고……."

쾅!

하지만 그는 그다음 순간 입을 다물어야 했다.

그의 머리 바로 위에 커다란 식칼 하나가 꽂힌 것이다.

"다음은 문틀이 아니라 모가지다."

무심하게 말하는 정우찬.

그 말에 자신도 모르게 침을 꿀꺽 삼키는 의사.

"내가 지금 너를 살려 두는 건 네가 필요해서다. 네가 거부한다면 네가 필요 없다는 뜻이니 내가 널 살려 둘 이유도 없지."

"……."

정우찬의 말에 그는 주춤주춤 뒤로 물러났다.

"필요한 걸 가지고 오든가, 아니면 죽든가."

결국 그가 선택할 수 있는 것은 하나뿐이었다.

그는 황급히 차에 탔다.

그렇게 그를 데리고 숙소로 간 노형진.

숙소를 알아보는 것은 어렵지 않은 일이었다.

"저곳이군."

커다란 빌라에 유일하게 불이 켜져 있는 방. 그 방에서 움직이는 사람들.

'저기에 열 명이 산단 말이지.'

다행인 것은 그들이 사람들이 사는 곳을 두 군데로 분산했다는 것이다.

자발적으로 온 사람과 그렇지 않은 사람.

저곳과 맞은편에 있는 빌라까지 두 채가 그들의 숙소였다.

"도대체 환자는 어디에 있는 겁니까?"

노형진에게 발끈하면서 묻는 의사.

"데리고 올 겁니다."

"어디서요?"

"지금요."

차에 앉아 있던 정우찬이 가방에서 커다란 무기 두 개를 집어 들었다.

그걸 본 의사는 얼굴이 사색이 되었다.

"괜찮겠습니까?"

이건 분명히 문제가 될 가능성이 높다.

"전 노 변호사님을 믿습니다."

정우찬은 그렇게 말하고 안으로 들어갔다.

그리고 채 5분도 안 되어서 찢어지는 비명 소리가 터져 나왔다.

"꺄아악!"

"끄아악!"

노형진은 안으로 들어가지 않았지만 무슨 일이 벌어지는지 알아채는 건 어렵지 않았다.

'일반적인 사람들은 못 이기겠지.'

소시오패스로 구성된 경호 팀은 목적에 집착한다. 그리고 그 목적을 이루기 위해 고통을 참아 내는 능력이 뛰어나다.

정우찬은 경호라는 목적을 위해 수많은 무술을 배웠고 타

고난 부분도 있기 때문에, 어쭙잖게 칼을 휘두르는 깡패들과
는 질적으로 달랐다.

"끄아아악!"

다시 한 번 터지는 비명 소리.

"나…… 난……!"

도망가려고 하는 의사를 노형진은 무섭게 노려보며 말했다.

"죽고 싶으면 도망가."

그 짧은 말 한마디에 아무런 말도 못 하고 쭈그리는 의사.

그렇게 찢어지는 비명 소리가 꺼지고 난 후, 양측 집에서
사람들이 우르르 나오기 시작했다.

"경비는요?"

노형진은 정우찬을 보고 걱정스럽게 물었다.

"한 쪽당 두 명씩 있더군요."

"설마……."

"죽이지는 않았습니다. 하지만 당분간 움직이는 건 힘들
겁니다. 테이프로 의자에 묶어 놨으니 신고도 못 할 거구요."

노형진은 고개를 끄덕거렸다.

그사이 다른 여자들의 부축을 받은 조미수가 힘겹게 차에
올라탔다.

그런데 그녀의 얼굴을 본 의사의 얼굴이 딱딱하게 굳어졌다.

'역시나 그렇군.'

노형진은 그의 얼굴을 보면서 의사 역시 한패거리라는 사

실을 알아차렸다.

몰랐다면, 아니 최소한 단순 성매매만 한 사람이라면 당황할 이유가 없다.

그가 당황한다는 것은 사전에 어느 정도 상황에 대해 알고 있었다는 뜻이다.

"핸드폰 내놓으십시오."

"네."

노형진이 눈치채고 핸드폰을 요구하자 의사는 어쩔 수 없이 핸드폰을 내밀었다.

"만일 못 살리면 좋은 꼴은 못 볼 겁니다."

침을 꿀꺽 삼키는 의사.

노형진은 버스를 몰고 다른 가게로 가기 시작했다. 그러면서 정우찬에게 이야기해서 비밀리에 나눠 준 핸드폰에 연락하게 했다.

"과연 연락을 받을까요?"

"받기를 바라야지요."

갑작스럽게 사태가 벌어진 만큼 여자들도 제대로 준비하지 못했을 가능성이 높다.

당연히 탈출 과정에서 이런저런 문제가 많아질 수도 있다.

"저기예요, 저기."

광숙의 말에 정우찬은 버스를 그쪽으로 몰았다.

잠시 후 환하게 불이 켜진 방 안에서 부산스러운 움직임이 보였다.

"다행히 성공한 모양이군요."

비명도 고함도 없는 걸 보니, 여자들이 제대로 제압한 모양이다.

잠시 후 맨몸으로 나온 여자들이 버스에 황급히 올라탔다.

"남자들은?"

"모조리 방에 가둬 놨어요."

"방에요?"

"네."

술을 마셔서 방에 가두고 핸드폰까지 모조리 빼 왔다고 한다.

문 아래를 의자로 고정시키기까지 했다고 하니 아마도 당장 나오지는 못할 것이다.

'탈출도 무리겠군.'

무려 5층이다. 창문으로 탈출하지 못하니 일단은 안심이다.

"남은 곳은 한 곳이에요."

그 말에 노형진은 가능하면 빨리 차량을 그쪽으로 몰아갔다.

그러나 이번에 도착한 곳은 상황이 좋지 않았다.

쾅!

"이년들아! 문 안 열어!"

고래고래 소리를 질러 대는 남자.

"실패인 건가?"

노형진은 고함 소리를 듣고는 얼굴을 찌푸렸다.

이러면 곤란하다. 분명히 이 상태가 길어지면 문제가 커질 것이다.

"접니다. 상황이 어떻게 된 겁니까?"

노형진은 황급히 미리 준 전화기로 거기에 있는 여자들에게 전화를 걸었다. 만일 발각된 거라면 어떻게 해서든 상황을 해결해야 하기 때문이다.

하지만 그다음 말은 어이없어서 말이 안 나오는 수준이었다.

—이 미친놈들이 발정이 났어요.

"뭐라고요?"

—술을 마시게 해서 재우려고 했는데…….

술을 마시게 해서 재우고 빠져나가려고 했다.

그런데 하필 거기에 있던 두 놈이 질이 나쁜 남자 중 하나인 술을 마시면 여자를 찾는 타입이었다는 것이다.

"그럼 발각된 게 아니라……?"

—발정 나서 여자를 요구하고 있는 거예요. 어쩌죠? 그냥 한번 하고 탈출할까요?

어차피 여기에 끌려와서 강제로 매춘에 동원된 여자들이다.

탈출할 수만 있다면 그것도 충분히 할 용의가 있었다.

"시간이 없습니다."

그렇게 시간을 끌면 탈출 시간을 벌기 힘들어진다.

—그럼 어쩌죠?

"제가 신호하면 문을 여세요. 그리고 유인하시면 됩니다."

노형진은 그녀들에게 작전을 설명하고 정우찬을 바라보았다.

"부탁드립니다."

"네."

노형진의 부탁을 받은 정우찬은 길게 대답하지도 않고 조용히 안으로 들어갔다.

"지금입니다."

노형진이 그가 위로 올라간 것을 확인하고 전화기로 명령을 내리자, 창문에서 어른거리는 사람들의 모습이 보이는 듯하더니 잠시 후 방에 불이 훅 꺼졌다.

그리고 정우찬이 여자들과 함께 모습을 드러냈다.

"남자들은?"

"기절시켜 놨습니다."

노형진은 피가 묻어 있는 3단 봉을 보고 얼굴을 찌푸렸다.

단순히 기절시킨 게 아니라는 걸 알지만 그걸 신경 쓸 틈이 없었다.

"상황이 이상하게 돌아가서 바로 탈출해야 합니다. 다들 준비는 하셨나요?"

"준비라고 할 것도 없어요. 이 지옥에서 벗어날 수만 있다면……."

그녀들은 여기에 있던 모든 것을 다 버리고 싶었다.

마음 같아서는 당장 입고 있는 옷조차도 버리고 싶었다.

"갑시다."

노형진의 말에 정우찬은 버스를 천천히 몰아서 선착장으로 향하기 시작했다.

노형진은 바로 강성태에게 전화를 걸었다.

"접니다. 준비되었습니까?"

－말을 안 들어유. 절대로 배를 못 빌려준다고 하네유.

노형진은 얼굴을 찌푸렸다.

배를 빌리라고 선착장으로 강성태를 보내 놨다.

그런데 빌리지 못한다니? 그게 무슨 말인가?

"못 빌린다고요?"

－야.

"돈을 준다고 해도요?"

－무슨 눈치를 깠는지 이야기도 안 해유.

'어떻게?'

보통은 돈을 주면 쉽게 배를 빌릴 수 있다.

더군다나 이 섬은 관광객이 많아서 이런 일이 자주 있으니까 배를 구하는 건 어렵지 않으리라고 생각했다.

그런데 안 된다니?

"무슨 일 있습니까?"

－모르겠어유. 그런데 선원들이 뭉쳐 다니면서 뭐라고 하는 걸 보니 분위기가 안 좋아유.

'샜구나. 젠장.'

어디서 샌 건지 모르겠지만 여자들의 탈출 소식이 샌 것이다.

그래서 그걸 막으려고 임대를 막은 것이다.

"젠장."

노형진이 욕설을 내뱉자 여자들의 얼굴이 사색이 되었다.

일이 틀어졌다는 걸 알아챈 것이다.

"어쩌죠?"

"글쎄요……."

이건 생각지도 못한 문제였다.

이곳에서 빠져나가는 방법은 단 하나, 바로 배를 타는 것이다.

정기적으로 운항하는 배는 하루에 두 번, 오전과 오후에 오는 여객선뿐이다.

문제는 지금은 새벽이니 오전 여객선이 오려면 못해도 여덟 시간은 더 있어야 한다는 것이다.

"왜…… 우리를 안 보내 주는 거예요? 우리는 아무런 짓도 안 했는데!"

광숙은 울먹거리면서 비명을 지르듯 외쳤다.

자신들은 피해자다.

자신들은 돈도, 그렇다고 자신들을 이렇게 만든 그들이 벌받기를 원하는 것도 아니다.

다만 이 지옥에서 벗어나고 싶을 뿐이었다.

그런데 자신들을 잡고 있던 조폭들도 아닌 선원들이 그렇게 입구를 막는다는 걸 이해할 수가 없었다.

"글쎄요……."

노형진은 솔직히 당황한 상태였다.

'이건 너무 예민한 반응인데?'

어느 정도 반발은 예상했지만 이건 생각보다 심각한 반응이다.

"조폭들이 선원들을 협박했을까요?"

"그럴 리가요. 그건 말도 안 됩니다."

조폭들이 거칠게 살아오기는 하지만 선원들도 거친 걸로 따지면 둘째가라면 서러운 사람들이다.

"조폭들이 힘이 좋기는 하지만 어부들도 힘 좋은 걸로는 빠지지 않습니다. 더군다나 수적으로 조폭이 부족합니다. 조폭 조직 전체가 오지 않는 이상 선원들을 이기기는 힘듭니다. 설사 온다고 해도, 경찰이 바보도 아니니 그걸 가만히 두고 보지는 않을 겁니다."

경찰이 이 지역의 범죄를 은폐하는 것과 타 지역에서 범죄 조직이 들어오는 것은 전혀 다른 문제다.

도리어 반대로 이 지역을 보호하기 위해 타 지역 조폭에 대해 공격적으로 나올 가능성이 다분하다.

"그러면 여기서 나가지 못한다는 말인가요?"

"당장은…… 무리일지도 모르겠군요."

여자들의 얼굴이 사색이 되었다.

어차피 섬이다. 이곳의 폐쇄성은 그녀들이 가장 잘 안다.

저들이 막고자 한다면 이 섬에서 나갈 방법은 없다.

"그러면 어쩌죠? 우리가……."

노형진은 광숙에게 손을 내밀어서 그녀를 진정시켰다.

그리고 조용히 생각에 잠겼다.

이대로라면 나가지도 못하고 잡혀 버린다.

'그러고 보니 이상해……'

솔직히 처음에 구출 작전을 시작한 것은 좋았다. 한 지역의 반발을 어느 정도 예상하기는 했다.

하지만 지금 벌어지는 상황을 보면 반발 정도가 아니라 자신들을 추적까지 하려는 눈치다.

'아직까지 깡패들이 움직이지 않는다고 해도……'

이 지역 조폭들의 움직임은 활발하지 않다.

사실 활발할 수가 없다.

노형진의 본진이 여기가 아니듯이 조폭들의 본진도 여기가 아니다. 여기서 여자들을 관리하는 일부를 제외하고는 다들 섬 바깥에서 생활한다.

그러니 저쪽도 인력이 부족한 건 마찬가지.

'아무리 여자가 없는 곳이라고 하지만……'

남자들의 반응이 이상할 정도로 극단적이다.

강성태의 말로는 선원들 중 일부가 차량을 이용해 수색할 준비까지 한다고 한다.

'이건 말이 안 되잖아?'

어쩌다 보이는 걸 이야기해 주는 것과 적극적으로 추적해 여자를 잡아가는 것은 전혀 다르다.

아무리 생각이 없어도 그 정도를 모를 선원들이 아니다.

'음…….'

노형진은 잠깐 침묵을 지키다가 문득 여기에 있으면서 느꼈던 위화감이 생각났다.

다른 주민들과는 다른 위화감들……. 그리고 사람들의 시선.

"여러분."

"네?"

"제가 한 가지만 묻겠습니다. 이 부분에 대해서는 사실대로 말해 주셔야 합니다."

노형진은 여자들에게 몇 가지 사실을 확인했다.

그러고 나니 고개를 끄덕거릴 수밖에 없었다.

"대충 알겠군요."

노형진은 이런 일이 벌어진 까닭을 알 것 같았다.

이런 경우를 한번 본 적이 있었다.

'멍청하기는.'

하나만 보고 두 개는 보지 못한 위정자들의 실수.

그로 인해 벌어진 최악의 사태.

'하지만 한 가지는 확실하군.'

그 문제를 자극하면 어쩌면 벗어날 길이 생길지도 모른다.

쾅쾅쾅!

노형진은 동네에서 가장 화려한 집으로 향했다.

다행히 다른 집들에서 좀 떨어진 곳이라 조용히 접근하는 것이 어렵지는 않았다.

"누구요?"

노형진이 계속 문을 두들기자 안에서 들리는 잠에서 덜 깬 목소리.

"여기 선주님을 찾아왔습니다."

"뭐요?"

"당장 배가 필요합니다. 급합니다."

"아니, 무슨 소리요? 이 오밤중에 무슨 배가……?"

"사람이 죽게 생겼습니다."

"뭐라고요? 잠시만 기다리쇼."

사람이 죽게 생겼다는 말에 황급히 아래로 내려온 남자.

그는 문을 빼꼼 열다가 흠칫했다.

생각과 다르게 두 명의 남자와 수십 명의 여자들이 서 있었기 때문이다.

"배가 필요합니다."

"무슨 소리입니까? 당신은 누구고, 이 여자들은 또 누구요?"

여자들에 대해 모르는 듯한 걸로 보아 성매매 쪽으로도 잘 모르는 모양이었다.

"여기에 잡혀 있던 사람들입니다. 이 섬에서 탈출시켜야 합니다. 그중 한 명이 상당히 아픕니다. 그런데 배가 없습니다."

흠칫 놀란 남자는 잠시 우물쭈물하다가 문을 열어서 주변을 둘러봤다.

그리고 손을 흔들어서 안으로 들어오라는 신호를 보냈다.

"여기에서 이야기할 만한 일은 아닌 것 같구려. 어서 들어오시오."

'역시.'

노형진은 일이 크게 잘못되어 가고 있다는 사실을 알아차렸다.

그는 선주로 추정된다. 섬에서 선주는 절대적인 힘을 발휘한다.

그런데 그런 그의 모습은 누가 봐도 조심스러워 보였다.

"따라온 사람은 없소?"

"없습니다."

"들어오시오. 일단…… 거기 아픈 사람은 평상에 누이고."

사람들이 마당 안으로 들어오자 얼른 문을 잠근 그는 얼굴을 찡그리면서 노형진을 바라보았다.

"내가 선주인 건 어떻게 안 거요?"

"그냥 집이 무척이나 크기에 무작정 왔습니다."

"허."

어이없다는 듯 혀를 끌끌 찬 그는 노형진을 데리고 집안으로 들어갔다.

"시간이 없는 듯하니 이거나 마시쇼."

그는 무심하게 물 한 잔을 건네고는 머리를 흔들었다.

"보아하니 여자들을 탈출시키려는 모양인데……."

"어떻게 아셨습니까?"

"여기가 내 고향이오."

"아……."

"그나저나 위험한 짓을 한 거요. 그리고 운도 좋았고."

"네?"

"갑자기 배를 부탁하러 온 걸 보니 쫓기는 모양인데. 아마도 선원들이 쫓는 걸 테고."

"어떻게 아셨습니까?"

"내가 그 꼬라지를 쭉 보아 왔으니까."

노형진은 그의 말을 들으면서 상황이 왜 이렇게 개떡같이 굴러가는지 명확히 알게 되었다.

어부의 삶은 무척이나 힘들고 고되다. 소위 말하는 3D 업종 중에서도 최고라고 할 만하다.

당연히 한국인 어부를 구하는 것은 어려워, 자연스럽게 중국 선원들이 들어오기 시작했다.

그건 한국 전역에서 벌어지는 일이니 뭐라고 할 수는 없다.

문제는 엉뚱한 곳에서 터져 나왔다.

"그런데 그들이 그다지 질이 좋지 못한 놈들이더군."

"그렇겠지요."

"이쪽에 대해 좀 아나?"

"그건 아닙니다. 하지만 상황을 보면 뻔하지요."

똑같은 3D 업종이라고 하지만 그래도 더 위험하고 덜 위험한 것은 있기 마련이다.

그리고 어부는 그중에서도 최상위에 위치할 정도로 힘든 업종이다.

"한국에 불법 취업하러 왔지만 제대로 된 일자리를 구하지 못한 데에는 다 이유가 있겠지요."

"그래. 그게 현실이지."

다른 곳에서는 받아 주지 않을 정도로 질이 좋지 못한 녀석들이 온 것이다.

그리고 여기에 자리를 잡았다.

"그 후에 그 녀석들은 몇몇 선주들과 짜고 패거리를 형성했소."

"선주들까지 동원된 겁니까?"

"아무래도 기존에 있던 한국 선원들보다 싸거든."

질이 나쁜 선주들과 그들이 야합을 하고는 한국 선원들을 겁주거나 무차별적으로 폭행해서 쫓아 보냈다.

그 후에 벌어진 일은 뻔했다.

"일손이 그들의 손아귀에 들어간 거군요."

"그렇소."

그들에게 찍힌 선주에게는 사람을 배당하지 않는다.

설사 어떻게 외부에서 사람을 데려와도, 일주일도 안 되어서 쫓겨나다시피 도망갔다.

매일같이 위협받는데 하려고 하는 사람이 있을 리 없었다.

'그러면 내가 본 그 위화감도 이해가 가.'

선원들과 마을 주민들 사이에 존재하는 묘한 위화감. 그리고 경계심.

이 섬의 최대의 수입처는 두 가지다.

하나는 관광 수입, 그리고 하나는 고기잡이.

그런데 그중 하나가 완전히 저들의 손아귀에 넘어간 셈이다.

"그럼 그 조폭들은?"

"애초에 그 녀석들을 데리고 온 게 그 조폭들이오."

"아……."

노형진은 왜 그들이 기민하게 움직였는지 이제야 이해가 갔다.

조폭들은 단순히 여자만 잡고 있었던 게 아니라 손님인 중국인 어부들을 데리고 온 브로커이기도 했던 것이다.

'생각지도 못한 쪽인데. 이거, 완전히 머리가 좋은 놈들이잖아?'

솔직히 노형진은 놀랐다.

전혀 생각도 하지 못하는 사이 섬 하나의 모든 권력이 조폭들에게 들어간 것이다.

적당히 뇌물만 뿌리면 이 섬은 그들의 것인 셈이다.

"운이 좋았다고 하신 게 그거군요."

그들과 손잡은 선주들이 있다.

판단을 잘못했다면 노형진은 그 집으로 갔을 것이다.

"그냥 무작정 큰 집을 찾아온 게 좋다고 해야 하나, 나쁘다고 해야 하나……."

선주들은 보통 지역 유지다. 그래서 집이 크다.

노형진은 그것만 생각하고 온 건데, 완전히 간발의 차였던 것이다.

말 그대로 등골이 오싹할 뻔했다.

만일 같은 패거리였다면 아마도 자신들은 제대로 저항도 못 해 보고 제거당했을 것이다.

"아무리 내가 선주라고 하지만 사람을 못 구하면 망하니까."

노형진은 고개를 끄덕거렸다.

"그러니까 우리를 도와주셔야 합니다."

"나도 그러고 싶소. 하지만 발각되면, 아니 발각될 수밖에 없소. 그러면 보복당할 거요."

인부를 못 구하면 자신은 망하는 수밖에 없다.

선주라고 하지만 서울 부자에 비하면 큰 부자는 아니다.

그런데 돈 벌 거리인 배를 띄우지 못하면 망하는 수밖에 없다.

"그럼 협상을 하지요."

"협상?"

"전 이런 사람입니다."

노형진은 자신의 명함을 건넸다.

"법무 법인 새론은 서울에서 무척이나 큰 로펌이고, 대룡과 거래도 하고 있습니다. 그들의 도움을 받는 것은 어려운 일이 아니지요."

"음?"

"만일 우리를 도와주신다면, 중국에서 인력을 송출하는 회사와 연결해 드리지요."

"음?"

그 말에 선주의 귀가 솔깃했다.

"이런 곳에 흘러온 녀석들이 제대로 된 사람들일 거라고는 생각되지 않습니다. 아마도 불법체류자인 경우가 대부분이겠지요. 만일 우리가 탈출하면 대대적인 검거 열풍이 불 테고, 사람이 부족해질 겁니다."

"그게 문제라니까."

한국 사람들은 어부를 하려고 하지 않는다. 그러면 배는 노는 수밖에 없다.

"그러니까 우리가 정식으로 중국에서 인력을 수입할 수 있게 해 드리겠다는 겁니다. 그러면 인력을 걱정할 필요도, 안전을 걱정할 필요도 없지요."

선주는 관심을 보였다.

"그게 가능한가?"

"복잡하기는 하지만 불가능하지는 않습니다."

물론 그 과정에 대해 잘 아는 사람이 붙어야 한다.

그걸 잘 모르기 때문에 조폭들이 이 지역을 집어삼킨 것이다.

"이번에 저를 도와주시면 됩니다."

"크흠······."

그는 잠시 고민하는 듯했다.

그러나 곧 고개를 끄덕거렸다.

"그래 보지요, 어차피 죽도 밥도 안 되는 상황이니."

사실 이것까지는 말하지 않았지만, 그는 중국 자본이 조금씩 들어오면서 배에 대한 권한과 어업권까지 빼앗으려고 하고 있다는 걸 알고 있었다.

선주에게 중요한 것은 배 외에도 또 있다.

바로 어업권, 그러니까 바다에서 물고기를 잡을 수 있는 권한이다.

매년 그걸 신청해야 하는데, 기본적으로 배를 가진 자만이 신청할 자격이 있다. 그래서 그들은 터무니없는 가격으로 자신의 배를 요구하는 상황.

"그런데 우리가 탈출할 수 있겠습니까?"

"다행히 내가 가진 배는 좀 큰 편이오. 당장 사람에게 전화해서 준비해 두지."

"한국 사람입니까?"

"사정이 있어서 나도 중국인은 못 쓰는 중이거든."

그는 모험을 해 보기로 했다.

그게 가능하다면 자신이 다시 일어날 수 있다.

아니, 잘만 협상하면 지역 유지로서 힘을 가질 수 있다.

"하지만 그곳까지 가는 게 문제인데……."

"그 부분은 우리가 알아서 하겠습니다."

노형진은 어쩔 수 없이 강행 돌파를 하기로 했다.

⚖

"꽉 잡으세요."

노형진은 사진을 보며 그 위치를 확인했다.

그리고 뒤를 돌아보면서 사람들에게 소리를 질렀다.

"모두 안전벨트 매시고, 제가 말하면 바로 출항해야 합니다!"

"네……."

여자들은 공포에 질린 상태에서 안전벨트를 매기 시작했다.

하지만 그러지 않는 사람도 있었다.

"미친 겁니까! 강행 돌파라니!"

"당신이 할 말은 아닌 것 같은데?"

노형진은 의사를 노려보면서 말했다.

"하지만……."

"튕겨 나가서 죽고 싶으면 그러시든가."

노형진의 작전은 간단했다.

사전에 약속된 대로 배는 미리 준비되어 있을 것이다. 거기 가서 타기만 하면 된다.

문제는 걸어 들어갈 수는 없다는 것.

결국 밀어붙이는 수밖에 없다.

"큭…… 젠장!"

"싫으면 말든가."

결국 의사는 얼굴을 찡그리면서 의자에 앉아 벨트를 맸다.

"가능할까요?"

"가능하길 바라야지요."

다행인 것은 지금은 생각보다 거기에 사람이 없다는 것이다.

선원들 중 나갈 사람들은 나갔고, 나가지 않은 사람들 중 관련 없는 사람들은 아무것도 모르고 쉬러 갔다.

관련이 있는 자들은 여자들을 찾겠다고 차량을 수배해서 섬 내부로 들어갔다고 한다.

"어차피 방법은 이것뿐입니다."

이 섬은 저들이 잘 안다. 아무리 숨는다고 해도 결국은 순식간에 발각될 것이다.

그러면 누구에게 도움도 요청하지 못하고 잡히는 수가 있다.

"그러니 강행 돌파해야지요."

"지원군이 올 때까지 기다라는 것도 방법입니다."

"그러고 싶지만……."

노형진은 슬쩍 고개를 돌려서 통로에 누워 있는 조미수를 바라보았다.

점점 창백해지는 얼굴. 이대로 가면 오래 못 버틴다는 것을 직감적으로 알 수 있었다.

"일단은 강행 돌파합시다."

"네."

정우찬은 더 이상 말하지 않았다.

그는 많이 묻는 타입이 아니다. 결정되면 실행할 뿐.

"달리겠습니다."

철컥하고 기어를 넣은 정우찬.

그는 텅 빈 도로를 빠르게 달리기 시작했다. 그리고 채 10분도 지나지 않아서 부두가 보였다.

"꽉 잡아요."

문은 철망으로 되어 있었고 그 가운데는 간단하게 막혀 있었다.

쾅!

하지만 그런 잠금장치로 버스를 막을 수는 없었다.

당연히 박살이 났고, 사람들의 시선이 이쪽으로 쏠렸다.

"뭐야?"

"어어?"

한 대의 버스가 미친 듯이 달려오자 기겁하는 사람들.

그들은 황급히 주변으로 피하기 시작했다.

끼이익!

거친 파열음.

"꺄아악!"

그 순간 가장 앞자리에 있던 여자가 비명을 질렀다.

막 배에서 내리던 생선들이 허공을 날면서 차량에 부딪쳤는데, 요란하게 들리는 철퍼덕 소리에 사람을 친 것이라 생각한 것이다.

"다 와 갑니다."

"브레이크! 브레이크!"

배가 보이자 노형진은 다급하게 외쳤다. 그러자 정우찬은 재빨리 브레이크를 밟았다.

하지만 생각하지 못한 것이 있었다.

끼이이익!

"어어어?"

부두라는 특성상 스물네 시간 물이 고여 있다.

더군다나 새벽에 들어온 배에서 물고기를 내리면서 쏟아진 물과 미끄러운 물고기의 비늘 그리고 잡어 등이 섞으면서 브레이크가 제대로 작동하지 않았던 것이다.

"멈춰라…… 제발……!"

노형진은 비명을 지르듯이 외쳤다.

이대로 가면 바다에 그대로 빠질 수밖에 없는 상황.

이것이법이다

'제발……!'

자신들이 빠지면 과연 사람들이 구해 줄까?

그건 확실하지 않다. 그냥 두고 사고로 처리하는 것도 방법이니까.

"멈춰!"

노형진의 비명 아닌 비명과 여자들의 찢어지는 듯한 비명.

그렇게 찢어지게 들리던 비명은 덜컥하는 소리와 함께 잦아들었다.

"머…… 멈췄다?"

아슬아슬하게 멈춰 선 버스.

버스의 맨 앞은 바다에 빠지는 것을 막기 위해 만들어 둔 낮은 경계석에 걸쳐 있었다.

만일 그 경계석이 아니었다면 자신들은 모조리 죽었을 것이다.

"하아."

뒤에서 들리는 목소리.

하지만 안도하기에는 상황이 좋지 않았다.

"바로 움직여요! 어서!"

"네."

노형진은 서둘러서 문을 열고 바깥으로 나갔다.

그런 그에게 아직까지 정신을 차리지 못한 사람들의 시선이 쏟아졌다.

"변호사님!"

황급히 달려오는 강성태.

"배는?"

"저쪽입니다!"

미리 전화를 받은 강성태는 배를 확인하고 출항 직전 상태로 준비해 둔 상황이었다.

그가 가리킨 쪽에는 한 척의 배가 엔진이 켜진 채로 정박 중이었다.

제법 커다란 크기의 어선이었다.

"어서!"

노형진이 다그치자 차에서 내리는 사람들.

그들을 보고 몇몇의 눈이 똥그래졌다.

"여자다!"

물론 여자를 본 적이 없어서 그런 것은 아니었다.

도리어 알고 있어서, 그래서 지금 상황이 어떤 건지 알 것 같아서 눈이 커진 것이다.

"잡아!"

"막아!"

황급히 달려오는 남자들.

하지만 대다수의 사람들은 어리둥절한 모양이었다.

'하긴…….'

어떤 남자들은 상황을 알겠지만 대부분의 사람들은 이해

를 못 하고 있을 테니까.

성매매를 한다는 것이 모든 사태를 이해한다는 의미는 아니다.

이 섬의 사정에 대해 이해하는 것은 일부 수뇌부뿐이었다.

'역시.'

멍하니 있는 사람들은 전혀 알지 못한다는 뜻이었고, 저기 달려오는 사람들은 사전에 어느 정도 사정에 대해 알고 있다는 뜻이었다.

그러니 막으려고 하는 것이 당연하다.

"뭐야?"

"뭔데?"

어리둥절한 남자들.

사정을 아는 범인들은 다급하게 소리를 질렀다.

"저년들을 잡아! 나가게 하면 안 돼!"

"무슨 소리야!"

"일단 잡아!"

그 말에 어찌 되었건 잡으려고 다가오는 남자들.

노형진은 재빨리 강성태를 바라보았다.

"강성태 씨!"

"진짜 해유?"

"하세요!"

강성태는 품에 꼭 쥐고 있던 가방에 손을 넣어서 뭔가를 꺼냈다.

그리고 그걸 허공을 뿌렸다.

"에라! 될 대로 돼라!"

이른 새벽 조명을 받으면서 허공을 나는 것을 본 사람들은 눈이 뒤집혔다.

그건 다름 아닌 5만 원짜리였다.

1만 원짜리도 아니고 5만 원짜리를 본 사람들이 아귀처럼 달려들었다.

"돈이다!"

"주워!"

"될 대로 돼라!"

그들이 그러든 말든 강성태는 마구 돈을 뿌려 댔고 사람들은 돈에 매달려 아귀다툼을 해 댔다.

"돈이다! 돈!"

"돈 내놔!"

"내 돈이야!"

노형진은 강성태에게 말해 미리 5만 원짜리로 돈을 찾아 놓으라고 한 것이다.

1만 원짜리도 무시 못 할 텐데 5만 원짜리를 보면 누가 무시하겠는가?

"크윽!"

물론 무시하는 인간도 있었다.

이것이 법이다

하지만 그들은 돈을 보고 달려든 사람들 때문에 이쪽으로 올 수가 없었다.

"지금입니다!"

그렇게 뿌린 돈이 무려 1천만 원.

사람들이 한 장이라도 더 잡으려고 싸우는 사이 노형진은 배로 다가갔다.

"어서 와요!"

조타실에서 선장으로 보이는 사람이 소리를 질렀다.

그도 상황이 어떤지 사전에 들어서 다급한 모양이었다.

"잡아!"

그러는 와중에 인파를 뚫고 다가온 녀석이 한 여자에게 달라붙었다.

"꺄아악!"

"이런 종 간나 년!"

욕을 하면서 여자를 끌어내리려는 순간, 노형진이 강성태에게서 재빠르게 가방을 낚아채 그의 품에 떠안겼다.

"어?"

상황을 이해하지 못한 그가 어리둥절한 사이 노형진은 정우찬, 강성태와 함께 그를 뻥 차서 바닥을 나뒹굴게 했다.

"뭐 하는 짓이야!"

어리둥절한 남자.

노형진은 그가 항의하든 말든 크게 소리를 질렀다.

"저 가방에 1천만 원 있습니다! 저 가방은 가지는 사람이 임자입니다!"

1천만 원을 뿌리고 1천만 원이 남은 가방. 그리고 그가 나뒹굴면서 흘러나온 돈뭉치.

그걸 본 사람들의 눈이 붉게 물들었다.

"가방 내놔!"

"가방!"

"내 가방!"

"으억!"

남자는 달려드는 사람들에게 격하게 저항하기 시작했다.

배에서 내동댕이쳐진 게 중요한 게 아니라 가방에 1천만 원이나 들었다고 하지 않나?

그런데 그가 보기에도 묵직한 것이, 실제로 그 돈이 들어 있는 것 같았다.

"저리 가! 저리 가!"

"돈 내놔!"

마치 영화에 나오는 좀비 무리처럼 남자에게 달려드는 사람들.

노형진은 그 틈에 여자들을 모조리 배에 태우고는 바로 걸려 있는 줄을 풀어 버렸다.

"가세요! 어서!"

"네!"

선장은 황급히 배를 몰기 시작했다.

푸르르르.

요란한 소리를 내면서 항구에서 멀어지는 배.

그러는 사이에도 부두는 여전히 아귀다툼이 벌어져 난리 법석이었다.

"이제 끝입니까?"

정우찬이 옆으로 다가와서 물었다.

하지만 노형진은 고개를 흔들었다.

"그랬으면 좋겠습니다만……."

아직 끝나지 않았다는 것을 노형진은 알고 있었기에 더욱 고민하고 있었다.

⚖

"속도를 더 내요!"

노형진은 소리를 버럭 질렀지만 선장은 부정적으로 고개를 흔들었다.

"한계입니다!"

"젠장."

자신들을 바짝 쫓아오는 세 척의 배.

그 배에 올라탄 사람들의 기세는 흉흉하기 그지없었다.

"망했다……."

사람이 너무 많이 탄 탓에 배가 무거웠다. 그래서 속도가 제대로 나지 않았다.

그런데 엎친 데 겹친다고, 또 다른 일이 터져 버렸다.

"이런 젠장!"

"또 뭡니까?"

"기름이 없습니다."

노형진은 선장의 외침에 눈앞이 아득해졌다.

'실수다.'

하긴. 밤새도록 조업을 마치고 이제 막 들어온 배가 기름이 많을 것 같지는 않았다.

더군다나 조업 준비를 할 때 기름을 채워야 하는데 그런 준비도 안 된 배를 전속력으로 몰았으니 기름이 떨어질 수밖에.

하지만 추적자들의 배들은 항구에서 이 배를 따라온 상황. 기름이 충분히 있을 가능성이 높다.

"싸워야겠습니다."

3단 봉을 꺼내 들어 좌악 펼치면서, 다가오는 배를 무심하게 바라보는 정우찬.

노형진은 자신도 모르게 아랫입술을 깨물었다.

'망했다.'

따라오는 배에 올라탄 사람들은 분위기가 좋지 않았다.

그들은 하나같이 손에 도끼 같은 것들을 들고 있었다.

"쌰앙……."

강성태도 이를 악물었다.

여자들을 선실에 감춰 두기는 했지만 저들은 당연히 찾아 낼 수 있을 것이다. 어차피 배라는 공간은 뻔하니까.

"잡으십시오."

노형진에게 3단 봉 하나를 건네는 정우찬.

그리고 그걸 받아 드는 노형진 옆으로, 배에 있던 식칼을 들고 다가오는 강성태.

"최악이군요."

망망대해에 기름이 떨어지는 배에서 추격당하고 있다는 현실에 앞이 캄캄해졌다.

점점 가까워지는 세 척의 배들.

그런 상황에서 마지막 사형선고까지 떨어졌다.

푸르르르.

털털거리던 엔진이 결국 멈춰 버린 것이다.

노형진은 그 소리를 듣고 3단 봉을 꽉 쥐었다.

"죽이라우!"

득달같이 가까워져 오는 배들.

노형진이 이를 악물고 싸우려던 그때였다.

"어?"

거의 얼굴까지 확인이 가능할 만큼 가까이 온 상황에서 갑자기 배들이 허둥지둥 뱃머리를 돌린 것이다.

그리고 꽁지가 빠지게 도망가기 시작했다.

"뭐지?"

노형진은 어리둥절한 얼굴로 멀어지는 배들을 바라보았다.

"뭐쥬?"

"……."

강성태도, 정우찬도 어리둥절한 그때였다.

"변호사님!"

안쪽에서 들리는 목소리에 황급히 들어가 보니 선장이 무전기를 쥐고 있었다.

"무전이에요! 무전!"

"무전?"

황급히 3단 봉을 내던지고 무전기에 매달린 노형진.

그는 그 무전기 너머에서 들리는 목소리에 안도의 한숨을 내쉬면서 털썩 주저앉았다.

─여기는 해경 234호. 광명 34호, 응답하세요.

해경이었다.

그제야 노형진은 그들이 왜 도망간 건지 알 수 있었다.

"휴우."

조타실의 창문 너머로 빠르게 다가오는 해경의 배가 보이고 있었던 것이다.

그걸 보고 안도의 한숨을 내쉬는 노형진의 손은 바들바들 떨리고 있었다.

착한 일에는 보답이 따른다

"다행일세."

송정한은 노형진을 다독거리면서 웃었다.

"어떻게 우리가 있는 걸 아신 겁니까?"

무전기로 긴급 지원을 요청했지만 자신들이 어디에 있는지 확인하는 것은 쉬운 일이 아니었다.

"제가 머리 좀 썼구먼유."

그 말에 히죽거리면서 다가오는 강성태.

"네? 그게 무슨 말씀이신지?"

"모든 배에는 긴급 송신기가 달려 있쥬."

"긴급 송신기요?"

"야."

강성태는 배의 구조에 대해 좀 알고 있었다.

그중에는 비상시 작동하는 GPS 발신 장치도 있었다.

"그런 게 있습니까?"

"그럼유."

그 장비는 일반적으로 물이 닿지 않는 곳에 설치되어 있다가 물이 닿으면 작동하면서 그 위치를 발신한다.

배가 전복되거나 침몰하는 경우 최종 위치로 구조 요청을 보내기 위해 있는 장비였다.

"거기에 냅다 물을 끼얹어 버렸쥬."

그건 물이 닿으면 작동한다.

그리고 그렇게 작동한 발신기가 무전 여부와 상관없이 끊임없이 신호를 보낸 덕에 그 신호를 받은 경찰이 황급히 추적해 온 것이다.

"하아, 덕분에 살았습니다."

"하하하, 운이 좋았지유."

노형진은 씩 웃었다.

그가 과거에 뭘 했는지는 모르겠지만 확실히 여러 가지 경험을 한 사람이기는 한 듯했다.

"그런데…… 여자들은?"

"일단은 경찰에 갔네. 납치 및 감금, 인신매매에 대한 신고를 해야 하니까."

"믿을 만한 겁니까?"

"여기는 섬이 아니야."

"그렇지요."

섬에 있는 파출소는 그냥 덮어 버리겠지만 여기는 섬이 아니다.

더군다나 해경과 새론까지 끼어든 사건을 감추려고 하지는 않을 것이다.

"그 녀석들은요?"

"누구?"

"그 배를 끌고 가던 놈들 말입니다."

"아, 그놈들! 전부 잡혔네."

"다행이군요."

노형진은 안도의 한숨을 내쉬었다.

그들이 잡혔으니 일단 큰일은 해결된 셈이기 때문이다.

"그런데 잡고 보니 중국 놈들이더군. 이건 생각지도 못한 일인데, 어떻게 된 건가?"

"우리가 모르는 사이에 일이 벌어지고 있었습니다."

"일?"

"그건 나중에 말씀드리죠. 일단 급한 건 여자들의 안전입니다."

"그들은 경찰에게 신고 중일세. 딱히 안전이 위협당할 것 같지는 않네."

"그러면 좋겠지만."

어찌 되었건 그 여자들이 탈출하면서 일이 커진 상황이니 조폭들이 무슨 짓을 벌일지 모를 일이다.

그러니 어떻게 해서든 그녀들을 안전하게 보호해야 한다.

"일단은 합숙 형태로 지낼 수 있게 하고 경호 팀을 배치하죠."

"무슨 일인가?"

송정한은 얼굴을 찌푸렸다.

이번에 공통으로 소송하는 데 있어서 미리 여러 가지 준비를 했고 사방에서 보고가 들어오고 있지만 노형진과 같은 반응을 보인 곳은 한 곳도 없었다.

일부 데리고 나오는 데 저항이 있기는 했지만 배까지 끌고 와서 죽으려고 덤벼든 사람들은 처음이었다.

"자세한 건 돌아가서 말씀드리겠습니다."

노형진은 그렇게 말하면서 떨리는 손을 애써 진정시켰다.

그의 머릿속에서는 수많은 생각이 왔다 갔다 하고 있었다.

⚖️

"중국인?"

"네. 혹시 다른 섬에서는 그런 보고가 없었습니까?"

"음…… 그런 보고는 없었네만."

"데리고 나오는데도 아무런 저항도 없었고요?"

"대부분은 없었네."

"대부분?"

"두어 곳에서 필요 이상으로 예민하게 반응하는 바람에 선박에 태우지 못했다고 하더군."

노형진은 얼굴을 찡그렸다.

두어 곳이라니?

"정확한 숫자가 필요합니다."

"세 곳에서 저항이 심했네. 그래서 데리고 오려던 사람들이 결국 실패했지."

"음⋯⋯."

노형진이 긴급 대피를 하고 난 후 송정한은 다른 곳에 파견된 사람들에게 이야기해서 최대한 사람들을 데리고 나오라고 했다.

그런데 어찌 된 일인지 그 세 곳은 이미 자신들을 막을 준비가 다 되어 있어서, 파견된 변호사들이 그들을 빼 올 방법이 없었다.

"도대체 무슨 일이 벌어지고 있는 건가?"

"별로 좋지 않은 일요."

"좋지 않은 일?"

하지만 노형진은 대답하지 않았다.

머릿속에서 벌어지는 일을 정리할 시간이 필요했기 때문이다.

그리고 결론이 났을 때, 노형진은 기가 막혀서 말이 안 나왔다.

'어쩐지 치밀하더라니.'

단순히 그곳에서 빼내 오는 것이 문제가 아니라 전혀 엉뚱한 사태로 일이 꼬여 버리고 있는 느낌에 노형진은 한숨만 나왔다.

물론 사정을 모르는 송정한은 노형진을 다그칠 수밖에 없었다.

"도대체 무슨 일이 벌어지고 있는 건가? 설명을 좀 해 보게."

"현재 제가 봐서는, 대한민국 영토에 대한 정복이 벌어지고 있는 것 같습니다."

"정복이라니? 무슨 소리야?"

송정한은 어리둥절했다.

대한민국 영토는 확실하게 정해져 있다. 만일 다른 나라가 집어삼키려고 한다면 심각한 문제가 생길 수밖에 없다.

그런데 정복이라니?

"영토적인 게 아니라 금전적인 겁니다."

"금전적인 것?"

"네."

노형진은 송정한을 비롯해 함께 자리해 있는 사람들에게 지금까지 벌어지고 있던 일을 차근차근 설명해 주었다.

그러자 다들 기가 막혀서 입을 벌리고 멍하니 있었다.

"쉽게 말해 중국인들이 해당 지역의 경제권을 모조리 빼앗았단 말인가?"

"네."

"아니, 정부에서는 그것도 모르고 그냥 뒀고?"

"그냥 둘 수밖에요."

나라가 아무리 발달한다고 해도 상대적으로 국가의 힘이 미치지 못하는 곳은 있기 마련이다.

당장 노형진과 새론이 여자들을 구하려고 한 것 자체가 그런 곳에서 최대한 법적인 서비스를 하려는 기획 소송이 목적이 아닌가?

"음……."

송정한은 신음 소리를 내면서 얼굴을 찌푸렸다.

그럴 수밖에 없는 게, 노형진의 말이 맞는다면 그곳은 한국이되 한국이 아니기 때문이다.

'누군지 머리를 잘 썼어.'

중국인이 뭉치는 힘은 세계 제일이다.

유태인이 뒤에서 암약하는 스타일이라면 중국인은 엄청난 숫자로 찍어 누른다. 나중에 가서는 해당 국가조차 제대로 권력을 유지하지 못할 정도다.

대표적인 예가 바로 차이나타운이다.

어떤 나라나 엄청난 중국인으로 인해 그곳은 경찰이 가장 들어가기 꺼리는 곳이며, 실질적으로 중국인들이 지배하는 일종의 구역이 된다.

그곳은 현행법이 통하지 않는 그들만의 세계인 것이다.

"그런 곳이 섬이라……."

그렇게 된다면 말 그대로 천혜의 요새가 되는 셈이다.

"도대체 이게 무슨 일인가?"

"일단…… 이 문제는 나중에 해결하도록 하지요. 어차피 우리가 해결해야 할 일은 아니니까요."

"음……."

노형진의 말에 송정한은 고개를 끄덕거릴 수밖에 없었다.

"모두들 반갑습니다."

노형진은 모여 있는 사람들을 보면서 피곤한 듯 중얼거렸다.

지난 며칠간 각 섬에서는 적지 않은 사람들이 탈출했다.

그런 그들을 본 사람들은 기가 막혀서 말이 안 나왔다.

"지금 21세기 아닙니까? 그런데 18세기에나 벌어질 만한 일들이 왜 벌어지고 있는 겁니까?"

"법의 한계지요."

"법의 한계?"

"네."

보통 변호사들은 그 법의 한계를 모른다.

알아서 찾아오는 손님만 받기 때문이다.

"변호사들은 오는 손님만 받는 전통이 있습니다. 그리고 의로운 경찰들도, 자기네 관할구역이라는 법적 제한이 있지요."

결국 지방의 사법이 썩어 버려도 사람들은 도움을 받지 못한다.

"우리나라의 순환 체계에서 잘못되어 있는 게 있지요. 유능한 사람은 서울 및 수도권으로, 그리고 무능하고 버려진 사람은 시골로. 이게 이러한 현상을 만들어 내는 겁니다."

"하지만 그래도 그렇지……."

"물론 여전히 바르게 일하는 경찰과 검찰이 있습니다. 하지만 여러분들도 아실 텐데요, 이렇게 지방으로 보내지는 것은 단순히 일을 못해서가 아니라는 것을?"

"……."

변호사들은 아무런 말도 하지 못했다.

한국은 아직까지 사법연수원에서 판사, 검사, 변호사를 교육한다. 그렇다 보니 모두가 동문이라 내부에 대해 모를 수가 없다.

일을 못하거나 힘이 없다고 해도 기껏해야 강원도나 주요 지방으로 내려간다.

말 그대로 지방으로 가는 사람들은 정치 놀음에서 패배한 사람들이다.

오죽하면 좌천이라는 말이 있겠는가?

"그렇게 좌천당한 사람들이 정의로울까요? 그리고 그들이 새로운 꿈을 꾸지 않을까요?"

"하아…… 부정은 못 하겠네요."

정치 놀음을 하던 녀석들이 정의롭기는 어려운 일이다.

당연히 그들은 정의를 지키는 것보다는 어떻게 해서든 다시 줄을 서서 서울로 입성하기를 원한다.

문제는 그렇게 서울에 입성하기 위해서는 막대한 돈이 필요하다는 것이다.

"우리나라의 사법 근무 체계는 완전히 잘못되어 있습니다. 능력이나 공정성에 따라서가 아니라 오로지 정치적 역량에 의해 배치되지요."

"……."

물론 공식적으로 판검사들은 순환 근무제에 따른다.

하지만 지방에 있는 놈은 끝까지 지방에, 서울에 있는 놈은 끝까지 서울에 있는 게 문제다.

"그렇다 보니 정경 유착이 사라지지 않는 거죠. 그건 지방도 마찬가지이고요."

가령 판사가 서울중앙지방법원에서 서울서부지방법원으로 갔다고 하면, 공식적으로는 순환 근무가 된 것이지만 바로 옆이니 그 영향력이 없어지지는 않는다.

확실하게 하려면 강원도나 전라도, 아니면 충청도같이 전혀 상관없는 곳에 보내야 한다.

"그러지 않으니까 이런 문제가 생긴 겁니다."

"그러면 이걸 고발을 넣으면……."

"아무래도 풀려나겠지요."

"미친."

노형진의 말에 변호사들은 어이없었다.

"그건 억측 아닙니까?"

노형진의 얼굴에 비웃음이 떠올랐다.

그럴 수밖에 없는 게, 지방의 그러한 시스템은 자신이 생각하는 것보다 더욱 공고했기 때문이다.

"새론에서 염전 노예 사건 맡은 거 아시죠?"

"네."

"알고 있습니다."

"그들이 보통 형을 얼마나 받았을 거라고 생각하십니까?"

그러자 몇몇은 얼굴을 와락 찡그렸고, 몇몇은 어리둥절한 얼굴이 되었다.

얼굴을 찡그린 사람들은 그 사건을 담당한 변호사들이었고, 어리둥절한 변호사들은 그 후에 들어와서 잘 모르는 변호사들이었다.

"30년 동안 다섯 명을 노예로 부린 사람이 있었습니다. 그 사람이 우리에게 발각되어서 고발당했죠. 그 사람의 형이 얼마나 나왔는지 아십니까?"

"얼마나 나왔는데요?"

"징역 2년, 집행유예 4년 나왔습니다."

"네에?"

어이없다는 표정이 되는 사람들.

사람을 30년이나 노예로 부려 먹었는데 집행유예라는 게 도무지 이해가 가지 않았던 것이다.

"아니, 왜요?"

"재판 권한이 그쪽으로 넘어갔거든요."

노형진은 고발할 때 피해자들의 주소지로 고발을 넣었다. 이런 일에 대비하기 위해서였다.

그러나 가해자 측 변호사는 막대한 뇌물을 주고 관할을 가해자 측 주소로 옮겼고 아니나 다를까, 이런 터무니없는 결과가 나온 것이다.

"미친, 말도 안 되는……."

"뭐, 공식적으로는 피해 복구를 위해 노력했다는 게 이유지만 말이죠."

문제는 그 피해 복구라는 것이 그 다섯 명에게 1인당 500만 원씩 공탁을 건 거라는 것이다.

실질적으로 두 달 월급도 안 되는 돈으로 무마하려고 한 거고, 판사는 막대한 뇌물을 받고 그들을 풀어 줬다.

"헐……."

"제가 이번 사건에 들어갈 때 단순히 가해자와의 싸움이 아니라 한 지역에서의 싸움이라는 소리를 한 적이 있지요? 그건 다 이런 이유가 있기 때문입니다."

"……."

만일 서울이었다면 이런 터무니없는 결과가 나오지는 않았을 것이다.

"법은 동일하게 적용되어야 합니다. 이곳에서 재판받는다고 유리하고 저쪽에서 재판받는다고 불리해서는 안 됩니다."

"그러면 어쩌라는 겁니까?"

노형진의 말에 변호사들은 한숨을 쉬었다.

"솔직히 말해 노 변호사님의 말씀대로 정의 구현을 위해 기획 소송을 한다고 해서, 했습니다. 그런데 그게 실질적으로 의미가 없다는 건데, 그럼 우리는 뭘 한 겁니까?"

변호사 중 한 명이 진지하게 물었다.

"그걸 이제 여러분들에게 알려 드리려고 합니다."

"네에?"

"알려 주신다고요?"

"네."

노형진은 제법 두꺼운 서류철을 꺼내 들었다.

"법이 정의를 지키지 않겠다면 우리가 지켜야지요. 그리고 그건 단순히 법적인 문제만이 아니거든요."

노형진의 말에 변호사들은 고개를 갸웃할 수밖에 없었다.

노형진은 다음 날부터 다른 피해자들의 진술서를 받기 시작했다.

대부분의 피해자들은 자신들이 겪은 일에 대해 무척이나 자세하게 기억하고 있었다.

섬에서 나가지 못한 채로 정해진 사람과만 접촉해야 하는 상황이었으니 기억하지 못한다면 그게 이상한 것이리라.

"상당히 많군."

"그렇지요?"

수백 장에 이르는 진술서다.

그 안에 나열되어 있는 비참한 일상은 이루 말할 수 없을 정도였다.

"이건 완전히 21세기 위안부 아닌가?"

김성식은 기가 막혀서 말이 안 나왔다.

거기에서 벌어진 인권유린은 실로 심각했기 때문이다.

생리 기간에도 강제로 손님을 받게 한 건 예사였고, 탈출하려고 하면 무차별 구타를 했으며, 외부와의 연락을 막기 위해 작은 집에서 전화도 없이 생활하게 했던 것이다.

"이런 식이 아니라면 거기에서 일하려고 하는 사람은 별로 없으니까요."

"끄응……."

그들의 진술에 따르면 아무리 노력해도, 아무리 손님을 많이 받아도 빚을 갚을 수 있는 구조가 아니었다고 한다.

한 번 손님을 받는 데 15만 원 정도를 받는데, 그중 10만

원을 조직에서 우선 공제한다.

그럼 남는 돈은 5만 원.

그런데 한 끼 밥값이 1만 원, 화장품 한 세트에 30만 원, 미용실 사용료가 하루 3만 원이니 버는 돈보다 나가는 돈이 더 많도록 되어 있었던 것이다.

"이걸 때려잡으면 되나?"

"아니요."

"뭐?"

김성식 변호사는 고개를 갸웃했다.

때려잡지 않을 거라면 무슨 의미가 있단 말인가?

"일단은 민사가 우선입니다."

"민사가? 보통은 형사가 우선 아닌가?"

김성식은 다시 한 번 고개를 갸웃했다.

법적인 과정에서 대부분은 형사를 하고 민사로 넘어간다. 그래야 확실하게 죄가 인정된 상태에서 명확하게 배상을 요구할 수 있기 때문이다.

"보통은 그렇지요. 하지만 이번 경우는 좀 특수하지 않습니까? 조직이 뒤에 있지요. 그들에 대해 형사가 진행되면 분명히 남은 재산을 들고 도망갈 겁니다."

"그렇기는 하겠군."

"지금 상황에서 피해자들에게 중요한 것은 돈입니다."

김성식은 씁쓸한 얼굴이 되었다.

노형진의 말대로 지금 중요한 것은 돈이기 때문이다.

그들은 평생을 노예로 살다 나왔다. 그렇다 보니 남은 돈이 없었다.

지금도 새론에서 지원해 준 숙소에서 살고 있는 상황.

가족들에게 돌아간다고 해도, 대부분 나이가 적지 않은 만큼 살아가는 데 필요한 것은 돈이다.

"형사야 고발하면 처벌받을 겁니다. 이번 경우는 증거도 많으니까요."

"하지만 돈은 못 구하겠지."

"네."

노형진은 고개를 끄덕거렸다.

"그런 만큼 우리의 목적도 바뀌어야 한다고 생각합니다."

"목적이 바뀌어?"

"돈을 벌어 줘야지요."

"하지만 어떻게?"

"적당한 대상이 있지요."

노형진은 씩 웃으면서 서류를 바라보았다.

⚖️

"여기를 다시 오네유."

강성태는 섬을 보면서 묘한 기분이 들었다.

급하게 이곳을 탈출한 것이 바로 얼마 전이었다. 그런데 이렇게 다시 돌아올 줄이야.

"안전하겠습니까?"

정우찬은 주변을 보면서 걱정스럽게 말했다.

정우찬의 입장에서는 급하게 탈출한 이곳에 다시 온다는 것이 영 찝찝할 수밖에 없었다.

"괜찮을 겁니다."

노형진은 배에서 내리는 다른 팀을 보고는 고개를 끄덕거렸다.

"그날 탈출할 때 우리 얼굴을 본 사람은 없으니까요."

물론 배를 타고 쫓아온 사람들이 있기는 하지만 그들은 자신들을 건드리지 못한다.

아니, 도망가기 바쁠 것이다.

"일단 경찰서로 가지요."

노형진이 앞장서서 마을 내부로 향하기 시작했고 다른 일행들 역시 그런 노형진을 따라서 마을로 들어갔다.

딸랑.

마을 내부에 있는 파출소에 들어가자 고개를 들고 노형진을 바라보는 사람들.

"무슨 일입니까?"

그들은 경찰이었다.

하지만 형사는 아니고, 소위 말하는 순경이었다.

흑모도는 섬이라서 정식 경찰서가 있는 게 아니라 파출소에서 모든 일을 해결하기 때문이다.

"여기에 볼일이 있어서 왔습니다."

"관광 안내는 저기 동사무소에 있는 관광 안내 센터로 가세요."

시큰둥하게 말하는 경찰.

그들은 자리에서 일어나지도 않았고, 심지어 관심도 없었다.

'완전히 타성에 젖어 버렸구먼.'

이들은 이곳에 제법 오래 근무한 사람들이다. 그렇다 보니 아무래도 타성에 젖은 듯했다.

사실 타성에 젖은 것이 문제가 아니다.

오래 근무하면서 썩을 대로 썩어서 제대로 일하지 않는 게 문제였다.

'그 짓도 이제 끝이다.'

노형진은 피식 웃으면서 살짝 문에서 비켜났다.

"제가 할 게 아니라 이분들이 할 일입니다만."

"할 일?"

노형진이 비켜 주자 앞으로 나온 사람은 그들에게 뭔가를 건넸다.

"이건?"

"체포 과정에 적극 협조하라는 명령서입니다."

"이…… 이런 건…… 받은 적이 없는데……."

"그래서 직접 드리는 거죠."

"뭐라고요?"

경찰들은 당황해서 눈앞에 있는 남자를 바라보았다.

도대체 누구이기에 이런 명령서를 직접 들고 온단 말인가?

"당신은 누군데요?"

"우중헌 검사입니다. 이번 체포 작전을 실행할 사람입니다."

"체포 작전?"

작전이라는 말에 경찰들은 갸웃했다.

한두 명 체포할 거라면 자신들에게까지 찾아올 이유가 없기 때문이다.

딱 봐도 지금 있는 사람들만 열다섯 명은 되는 듯한데 왜 자신들에게까지 찾아온단 말인가?

"말 그대로 범죄자 체포 작전입니다. 감금, 협박, 폭행, 사기, 절취, 성매매 등의 혐의로 총 마흔다섯 명에 대해 구속영장이 청구되었습니다."

"뭐라고요!"

자신도 모르게 자리에서 벌떡 일어나는 경찰들.

"우리는 이곳에 대해 잘 모르니까 당신들이 좀 도와줘야겠습니다. 전면에 나서 주십시오. 아까 명령서를 보셨지요?"

사색이 되는 경찰들.

'그렇지. 그럴 줄 알았다.'

좋은 게 좋은 거라고, 뭐든 눈 감으면서 편하게 지내던 경찰이다.

그런데 자신들이 전면에 나서서 체포하게 되면 좋은 소리가 나올 리 없다.

노형진은 그 부분을 예상하고는 검사인 우중헌에게 체포에 관련된 모든 업무를 현지 경찰에게 위임하라고 한 것이다.

"이 사람들은 뭐 하는데요? 높니까?"

어떻게 해서든 상황을 벗어나기 위해 항의해 보는 순경들.

섬이라는 공간의 특성상 자신들이 누군가를 체포하면 좋은 꼴은 못 보기 때문이다.

"아, 이분들은 변호사님 일행입니다."

우중헌의 소개에 노형진은 씩 웃으면서 그들에게 자신들의 한계를 명확하게 했다.

"애석하게도 우리는 공권력이 아니라서 체포 권한이 없네요."

"그래도 열두 명은 남지 않습니까?"

"이쪽은 경찰이 아니라 불법체류자 감시 팀입니다."

"불법체류?"

"여기에 사는 불법체류자들이 주민들에게 폭행을 가한다는 신고가 있어서요."

가뜩이나 사색이던 경찰들의 얼굴이 새하얗게 변했다.

그러면 남은 사람은 고작 여섯 명. 마흔다섯 명의 구속영장을 집행하기에는 한계가 있다.

"추가적인 인원은 없습니까? 설마 우리만으로……?"

"있기는 하죠. 항구와 부두에 네 명씩 붙어서 감시 중입니다. 범죄자들이 도망가면 곤란하지 않습니까?"

우중헌의 말에 경찰들은 하나같이 퍼렇게 질렸다.

⚖️

"최치덕! 폭행으로 체포한다!"

여자들을 감금하고 있던 사람들을 시작으로 체포 작전이 단행되었다.

불법체류자들은 황급히 도망갈 길을 찾기 시작했지만, 그들이 여자들을 섬이라는 지형을 이용해 가둬 뒀듯이 이번에는 그들이 섬이라는 지형에 갇혀 버려서 손쓸 수가 없었다.

섬에서 나가는 배는 열 시간 후에나 들어오기 때문에 나갈 수가 없는 데다가, 부두 쪽은 이미 경찰이 감시하는 상황.

"해경에서 연락이 왔습니다. 구조 요청이 들어왔다고 하더군요."

우중헌은 그렇게 말하면서 노형진을 놀랍다는 듯 바라보았다.

"아니, 어떻게 예상하신 겁니까?"

방금 전 다수의 선박에서 구조 요청이 들어와 해경이 급하게 그쪽으로 가기 시작했다고 한다.

노형진이 그런 일이 있을 가능성이 높다고 이야기해 뒀기 때문에 출동하기까지 얼마 걸리지 않았다.

"당연한 거죠."

"당연해요?"

"배들은 각자 기항지가 있습니다. 이 섬에서 나간 배들은 당연히 이 섬이 기항지이지요."

"그렇지요."

"그런데 불법체류자 중국 선원들이 여기에 들어올 수 없다는 사실을 알면 어떻게 할까요?"

"아!"

여기서 단속하고 있다는 사실을 알게 된 그들은 이 섬에 들어오지 않으려고 할 것이다.

들어오면 불법체류로 잡혀갈 게 뻔하니까.

"하지만 선박의 선장의 입장에서는 그럴 수가 없죠."

만일 다른 섬으로 가서 그들을 내려 주면 도피 죄가 성립된다.

그들은 구할 수 있겠지만 선장 자신은 형사처벌을 피할 수 없다.

"결국 강제 출국을 피하기 위해서는 그들은 선박을 탈취해 다른 섬으로 가는 수밖에 없지요."

노형진이 피식 웃으면서 말하자 우중헌은 기가 막히다는 얼굴이 되었다.

자신은 체포만 생각했지, 그런 일은 생각도 못 했기 때문이다.

"그리고 어떤 나라든 선상 반란에 대해서는 무척이나 엄하게 처벌하지요."

설사 선장에게 위해를 끼치지 않더라도 선상 반란은 무척이나 처벌이 강하다.

선상이라는 특성상 고립된 공간이고, 무슨 일이 벌어져도 은폐하기 좋은 상황이 되기 때문이다.

"하지만 그 와중에 안 좋은 일이 있을 수도 있습니다."

"그럴지도 모르지요. 하지만 살인까지 하면서 탈출하려고 하지는 않을 겁니다."

노형진은 그렇게 말했지만 속으로는 그래도 어쩔 수 없다는 생각을 하고 있었다.

탈출하던 날 밤, 선장들이 돈을 아낄 목적으로 대놓고 한국 선원들을 해고했다는 사실을 알았기 때문이다.

'하지만 이런 일이 터졌으니 과연 다시 쓰려고 할까?'

아무리 위해를 가하지는 않았다고 해도 협박과 폭행이 수반될 수밖에 없었을 테고, 그러면 다음부터는 중국 선원들을 이용하는 것을 꺼리게 될 것이다.

물론 그 과정에서 진짜 재수 없어서 살인 사건이 터질 수도 있지만, 그건 결국 돈을 아끼자고 중국인들을 고용한 그들의 선택의 결과다.

"해경에게 감시 잘하라고 하세요. 한두 척이 아닐 겁니다."

"당연하지요."

우중헌은 히죽 웃었다.

좌천 비슷하게 지방으로 떨어진 그였다. 그런데 이런 지방에서는 다시 올라가기 위해 실적을 쌓을 마땅한 일이 없었다.

'하지만…… 이거라면…….'

수백 명의 불법체류자, 그리고 감금이나 납치, 폭행 등 수십 건의 강력 범죄, 그리고 상당수의 선박 나포 등 해적 행위.

이 정도면 충분히 자신은 다시 서울로 갈 수 있을 것이다.

'땡잡았다.'

공식적으로 이 모든 사건은 노형진이 그에게 찾아와서 맡긴 사건으로, 인지 사건에 들어간다.

즉, 자신이 찾아서 수사한 사건이라는 거다.

그러면 이 모든 게 자신의 실적.

"빨리 움직여!"

그는 하루빨리 서울로 갈 생각에 수사관들을 다그치기 시작했다.

⚖

"아이고!"

"아범아, 이게 무슨 일이냐!"

집 바깥으로 끌려 나오는 사람들.

그들은 저항을 하면서 소리를 고래고래 질렀다.

"김 순경! 자네가 우리한테 이럴 수 있어! 이럴 수 있냐고!"

"저희라고 방법이······."

김 순경은 진땀을 뻘뻘 흘렸다.

그럴 수밖에 없는 게, 이미 구속영장이 나온 상태라 자신들이 할 수 있는 것은 없었다.

"우리가 챙겨 준 게 얼만데!"

"그건 좀······."

김 순경은 정신없이 눈치를 보며 땀만 계속 흘려 댔다.

뒤에 검사와 변호사가 있는데 그런 말을 하면 자신이 곤란해지기 때문이다.

"우리가 가만히 넘어갈 줄 알아!"

길길이 날뛰는 마을 사람들을 보면서 노형진은 피식 웃었다.

'그래, 싸워라.'

저들이 싸우면 유리한 건 자신이다.

여기 경찰이 아무리 법원 명령을 집행하는 것뿐이라고 하지만 사람들의 분노는 그들에게 향할 수밖에 없다.

그렇다면 조사 과정에서 그들은 경찰의 비리에 대해 다 까발릴 테니, 경찰은 살기 위해서라도 반대로 마을 사람들의 비리를 까발릴 것이다.

'내가 심심해서 저 녀석들을 전면에 내세운 게 아니란 말이지.'

안 그래도 벌써 그들의 사이는 망가지고 있었다.

"내가 준 게 얼만데! 엉!"

"쉿! 그건……."

"우리가 해 준 게 얼만데 자네가 우리 뒤통수를 쳐!"

"저기, 그건 나중에 말하자니까요."

검사 역시 그런 걸 알고 있기 때문에 피식 웃을 뿐이었다.

우중헌 역시 이런 섬의 경찰이 어떤 자리인지 뻔하게 알기 때문이다.

'흐흐흐.'

우중헌은 그걸 보면서 속으로 웃고 있었다.

저들이 싸울수록 자신의 실적은 늘어나니까.

"그나저나 우리는 일 안 해유?"

노형진이 피식거리면서 웃기만 하자 강성태가 조심스럽게 다가와서 물었다.

지금 저들에게 형사적 처벌을 내리는 것도 중요하지만 다른 중요한 사항은 자신들의 책임, 즉 민사적 부분을 실행하는 것이다.

"해야지요."

노형진은 웃으면서 방금 전 남자가 끌려간 집으로 다가갔다.

"반갑습니다. 노형진 변호사라고 합니다."

"변호사? 이보시오! 빨리 좀 내 아들 좀 살려 주시오! 어서! 내 아들이 잡혀갔잖소!"

노형진이 변호사라 하자 다급하게 매달리는 사람들.

'쩝…… 내가 왠지 악마가 된 기분인데.'

하지만 노형진은 그들에게 의뢰를 받으러 온 게 아니었다.

"그전 제가 해 드릴 수 있는 일이 아닙니다."

"뭐라고요?"

"아드님은 감금 및 갈취의 종범으로 잡혀간 거라서요."

"아니, 그게 무슨 말이오!"

"말 그대로죠."

그는 여자들이 그곳에 잡혀 있다는 사실을 아는 사람이었다.

그것도 다른 사람들처럼 예상은 하지만 모른 척하는 게 아니라, 그걸 알면서도 그리고 도움 요청을 받았으면서도 모른 척한 사람이다.

말 그대로 범죄를 은닉한 것이다.

"아드님이 범죄를 알면서도 모른 척했으니 그 처벌을 받는 수밖에요."

"내 자식이 그럴 리 없어요! 그럴 리가!"

"없으면 풀려나겠지요."

하지만 여자들은 그에 대해 잘 알고 있었다.

그는 자신들의 도움 요청을 묵살한 정도가 아니라 그 사실을 포주들에게 말해 구타를 당하게 만든 장본인이었다.

'멍청하기는.'

사실 모른 척만 한 정도면 이해해 줄 수도 있다. 하지만 그는 적극적으로 범죄자들을 도왔다.

　범인들도 멍청이는 아니다.

　그들은 여자가 도망치려고 도와 달라고 했다는 걸 알려 주면 한 번 공짜로 할 수 있게 해 주고, 도망간 여자를 잡아 오면 다섯 번을 공짜로 해 줄 수 있게 했다.

　여자들이 도망가는 것을 막기 위해서였다.

　'그게 무슨 의미인지도 모르지. 에효.'

　문제는 그렇게 해서 실질적으로 범죄로 이득을 본 순간 그들은 종범이 된다는 것이다.

　"그리고 우리는 여러분들을 도와 드릴 수 있는 상황이 아닙니다."

　"아니, 그게 무슨 말이오!"

　노형진은 그들에게 뭔가를 내밀었다.

　"이건?"

　"손해배상에 관련된 서류들로 인한 가압류 관련 서류입니다. 이 집을 비롯해 아드님의 재산은 현 시간부로 가압류됩니다."

　"으윽!"

　"아버지!"

　뒷목을 잡고 쓰러지는 사람들.

　노형진은 그걸 보고 자리에서 일어났다.

　"빨리 육지 병원으로 가시는 게 좋겠네요. 여기에 나와 있던 의사도 잡혀간 거 아시죠?"

노형진은 웃으면서 말했지만 그 웃음에는 칼이 잔뜩 들어 있었다.

⚖️

"자네, 악마인가?"

"네?"

노형진은 탈출을 위한 배를 제공해 줬던 선주, 성진경의 질문에 어리둥절했다.

"제가 악마라니요?"

"아니, 자네 덕분에 섬이 작살나고 있네. 알고 있나?"

"아아."

노형진은 피식 웃었다.

"그렇기는 하죠. 뭐, 그런 걸로 보면 악마 맞네요."

섬의 젊은 남자들은 상당수 잡혀갔다. 그리고 일을 하던 중국인 선원들 역시 대다수가 잡혀가거나 추방당했다.

순식간에 섬의 인구가 확 줄어들 정도로 타격이 컸다.

더군다나 섬에 대한 소문이 돌면서 관광객까지 급감한 상황.

"그건 둘째 치고 민사까지 하는 건 좀 너무하지 않나?"

형사적인 거야 노형진이 어쩔 수 없다고 쳐도 민사를 거는 방식은 말 그대로 악마처럼 악랄했다.

가압류를 하는 것은 기본이고, 멀쩡한 집안에다가 압류를 피하려면 이혼해야 한다고 감언이설을 던져서 이혼소송을 의뢰받기까지 했다.

말 그대로 섬 전체가 혼란의 도가니였다.

"전 은혜 갚으려고 하는 겁니다."

"뭐?"

노형진의 말에 성진경은 고개를 갸웃했다.

은혜를 갚는다고 하면 이곳에서 그 대상이 될 만한 사람은 자신뿐이다.

그거랑 이번 일이 무슨 관계가 있단 말인가?

"내가 탈출시켜 준 은혜를 갚으려고 섬을 박살을 내고 있단 말인가?"

"네."

성진경은 노형진과 여자들이 위험한 순간에 위험을 무릅쓰고 자신의 배를 빌려줬다.

그 덕분에 탈출해 노형진이 목숨을 건질 수 있었다.

그 은혜를 갚기 위해 이런다고?

"제가 왜 성 선주님에게 오라고 말씀드렸는지 아십니까?"

"응?"

고개를 갸웃하는 성진경.

찾아와 달라는 부탁을 듣고 오기는 했지만 사실 이번 사건에서 자신은 아무런 관련도 없는 사람이다.

소속된 중국 선원도 없고, 자신의 선원 중에서 잡혀간 사람도 없다.

"뭐, 할 말이 있어서 오라고 한 거 아닌가?"

"사실 할 말은 없습니다."

"그럼?"

"개인적인 친분을 자랑하려고요."

"개인적인 친분?"

"네."

"그게 이번 일과 무슨 관계가 있는가?"

"지금 섬 주민들은 패닉 상태입니다. 어떻게 해서든 합의서를 받아야 하는 시점이지요. 그래야 가족들이 풀려나고 재산도 지킬 수 있으니까요. 하지만 전 완강합니다. 다른 사람들과 전혀 이야기하지 않고 있지요. 그런 상황에서 성진경님이 저와 개인적인 친분 관계가 있다면 어떻게 될까요?"

"아!"

그 말에 성진경은 상황을 알아차렸다.

"하지만 합의 의사가 없다고……."

분명 노형진은 그들에게 합의 의사가 없다고 못을 박았다. 그런데 합의라니?

"에이, 그거 뻥 카입니다."

"뻥 카?"

"뻥 카드라는 거죠. 애초에 민사를 하는 목적은 피해자들

의 생계를 보장받기 위해서입니다. 소송을 해서 받아 내는 것
도 좋지만 사실 합의금을 받아 내는 게 훨씬 더 이득이지요."

소송은 손해배상이다.

그런데 대한민국은 손해배상에 대해 무척이나 짠 편이다.
그래서 그 배상받을 금액이 적다.

하지만 합의는 손해배상뿐만 아니라 형사적 부분에 있어
서 감량의 요소도 들어간다.

당연히 금전적 배상금 역시 높아질 수밖에 없다.

"마을 사람들이 형사처벌을 받든 말든, 피해 여성분들에
게는 아무 상관 없습니다. 하지만 돈은 급하지요."

성진경은 묘한 얼굴이 되었다.

"그러니까 당분간은 자주 좀 오세요. 그러면 재미있는 일
이 벌어질 겁니다, 후후후."

⚖

"성 선주님…… 부탁드립니다."

'이거참…….'

노형진의 말대로 일이 벌어지자 성진경은 뭐라고 할 말이
없었다.

자신의 집을 찾아온 사람들. 그들은 마을 주민들이었다.

"개인적으로 친분이 있다고 하시니…… 제발 중재해 주십

시오."

"이거참······ 저도 상황은 압니다. 개인적인 친분이 있는 것도 사실이구요. 하지만 법적인 문제에서는 아무래도······."

성진경은 노형진이 말한 대로 일단은 거절의 의사를 표했다.

그러자 마을 사람들은 그런 성진경에게 결사적으로 매달렸다.

"지금 믿을 만한 건 선주님밖에 없습니다!"

당장 재판이 진행되고 있는 상황이다. 합의서가 들어가지 않으면 어떤 벌을 받게 될지 모른다.

"제발 우리 아들 좀 구해 주십시오!"

"이렇게 빌겠습니다!"

그들의 행동에 성진경은 어쩔 수 없다는 듯 입을 열었다.

벌써 며칠째 와서 졸라 대는 통에 더 이상 거절하기도 힘들었기 때문이다.

"알겠습니다. 한번 이야기를 해 보겠습니다."

그렇게 성진경이 마음을 굳힌 듯하자 그제야 마을로 돌아가는 사람들.

그리고 그들이 나가자마자 방에서 나오는 노형진.

"갑자기 와서 놀랐습니다."

때마침 노형진은 그의 집에 있었다.

외부적으로 서로 친하다는 모습을 보여 주기 위해 주기적으로 찾아왔던 것이다.

"자네가 놀랄 것 같지는 않은데?"

"저도 사람입니다만."

"그래도 저 사람들이 올 거라는 예상은 하지 않았나?"

"하하하."

사실 예상을 못 하면 그게 이상한 거다. 매일같이 찾아와서 읍소했으니 말이다.

"이쯤에서 그만하지 그러나. 자네도 합의할 생각이라면서?"

"그렇게 할까요?"

노형진이 성진경을 사이에 두고 합의하는 것은 사실 단순히 그에게 은혜를 갚기 위한 것만은 아니었다.

이쪽에서 먼저 합의 의사를 꺼내거나 저쪽에서 하자고 할 때 한다고 하면 자신들의 패를 다 꺼내는 셈이다.

그렇게 되면 당연히 합의금이 떨어질 수밖에 없다.

'하지만 제3자가 사이에 끼면 곤란해지지.'

저쪽에서 하지 않는다고 하다가 어쩔 수 없이 합의한 느낌을 주면 저들은 섣불리 무조건 깎아 달라는 말을 하지 못한다.

사실 아무리 종범이라고 하지만 애초에 범죄 자체에 참가한 것도 아니고 모른 척한 것뿐인 만큼, 강력한 처벌은 받지 않는다.

그리고 그 처벌이 나온 후에 민사를 넣으면 당연히 배상금이 깎인다.

'처벌이 약해진다면 그걸 감춰야지.'

그 전에 어쩔 수 없이 해 준다는 식으로 합의하면 저들은 처벌이 합의에 의해 약해졌다고 생각할 것이다.

"일단 약속은 잡으시면 됩니다. 저희가 그에 맞춰서 해 드리지요."

"그건 고마운데…… 이혼은 도대체 왜 부추긴 건가?"

"아, 이혼요?"

노형진은 단순히 합의금만 노린 게 아니다.

애초에 이 섬에서 남자들의 힘을 약화시킬 생각이었다.

"섬은 너무 가부장적이거든요."

"가부장적이라고?"

"네."

섬이라는 공간은 상당히 폐쇄된 곳이다. 그래서 가부장적인 문화가 아직도 살아 있는 공간이기도 하다.

"하지만 이혼을 하면 합의금이 떨어진다는 소문을 들으면 남자들은 다급한 마음에 이혼해서 합의금을 줄이려고 합니다. 당연히 부인에게 재산의 명의가 넘어갈 수밖에 없지요."

"그래서?"

"그렇게 되면 남자들의 파워는 약해질 수밖에 없습니다."

지금은 모든 재산을 남자가 가지고 있다.

하지만 압류가 들어가기 전에 재산을 분할하면 여자가 재산의 일부를 가지고 간다.

"그렇게 되면 여자들의 입김이 강해지지요."

"흠……."

자존심은 지갑에서 나온다는 말이 있다.

여자들이 재산을 가지고 있으면 남자들에게 당당하게 요구하게 된다.

당연히 재산의 절반을 가지고 있는 여자들을 두고 이곳에서 섣불리 성매매를 하는 사람은 드물 것이다.

"그렇게 되면 여자들이 다시 끌려와도 섣불리 그들에게서 성 매수를 할 수 없을 겁니다."

"자네 목적은 그거군."

노형진은 피식 웃었다.

틀린 말은 아니기 때문이다.

"부정은 하지 않겠습니다."

노형진이 이번에 여기서 여자들을 구출하고 난 후에, 더 이상은 같은 일이 벌어지지 않을까?

아니다. 벌어진다.

그런 사람들을 구한 게 노형진이 처음은 아니다.

그럼에도 불구하고 시간이 지나면 끊임없이 똑같은 일이 벌어진다.

"그걸 막기 위해서는 이 지역에 있는 여성들이 힘을 좀 가져야 합니다."

그렇게 되면 그녀들이 그런 여자들에 대한 감시 및 신고를 할 테니까, 그러면 자신들이 다시 오지 않아도 그런 일이 벌어지지는 않을 것이다.

"그리고 힘을 가지려면 그들도 재산을 좀 쥐고 있어야 한다 이건가?"

"힘은 지갑에서 나오니까요."

노형진의 말에 성진경은 어이없었다.

그렇게 장기적으로 보고 움직일 거라 생각하지 못했던 것이다.

"그리고 남자들이 힘이 약해지면 선주님의 힘은 강해질 수밖에 없죠."

"그렇기는 하지."

노형진은 이미 그와 이야기해서 정식으로 중국에서 인력을 수입하는 회사를 만들기로 한 상황이었다.

그들은 불법체류자가 아니라 정식으로 취업 허가를 받아서 들어올 것이다.

여기서 그들에게 불법체류자를 공급하던 조직이 박살이 난 만큼 실질적으로 성진경이 이 지역을 통제하게 될 것이다.

"날 믿고 말인가?"

"최소한 나쁜 짓은 안 했잖습니까?"

여자들을 대피시킨다는 것은 생각보다 큰일이다.

더군다나 상대방은 이 지역 경제권을 꽉 잡고 있는 폭력 조직이다.

그런 자들과 척짓게 될 것을 각오하고 자신의 배를 빌려줬다는 것은 어지간한 강심장이 아니면 할 수 없는 일.

'만일에 대비해 확실하게 해 놔야지.'

만일 조폭이 다시 들어오려고 한다면 그에게 피해가 갈 수 있다.

그걸 막기 위해서는 그들이 들어올 수 없게 확실한 시스템을 만들어 놔야 한다.

"걱정하지 마세요. 뭐, 합의는 해 드릴 테니까."

노형진은 씩 웃으면서 말했다.

"뭐라고?"

천성계는 보고를 받고는 얼굴을 찌푸렸다.

"흑모도에 있던 조직이 박멸되었습니다."

"박멸? 지금 그걸 보고라고 하나?"

"어쩔 수가 없었습니다. 한국 경찰이 번개같이 움직였습니다."

흑모도를 집어삼키기 위해 그렇게 공을 들였다.

그런데 갑자기 경찰이 끼어들어서 흑모도를 싹 쓸어버렸다는 것이다.

"그게 무슨 소리야?"

"한국 경찰이 대대적으로 움직였습니다."

"왜?"

"우리가 잡고 있던 여자들이 탈출해 경찰에 신고했습니다. 워낙 사건이 커져서 경찰도 비호가 불가능하답니다."

"큭, 빌어먹을."

천성계는 이를 빠드득 갈았다.

흑모도에서 들어오는 돈은 작지 않다.

관광객들이 가지고 오는 돈. 그리고 거기서 자체적으로 나오는 돈.

그래서 오랜 시간에 걸쳐서 조금씩 그곳을 집어삼켰다.

그런데 그게 한 번에 털리다니 믿을 수가 없었다.

"아무것도?"

"아무것도 안 남았습니다. 조직도 털렸고 여자들도 탈출했습니다. 결정적인 것은, 거기에 있던 사람들이 모조리 잡혀갔다는 겁니다."

"젠장!"

사람이 있다면 어찌 되었건 조직은 복구할 수 있다.

하지만 이야기를 들어 보니 복구는 불가능하게 된 모양이다.

"불법체류하고 있던 우리 조직원들을 경찰에서 싹 잡아갔습니다. 조직원들은 모조리 잡혀갔고요. 일부 합법적인 인원이 몇몇 남아 있지만 조직의 라인을 복구하는 것은 불가능하다고 합니다."

"도대체 말이 되는 소리를 해! 내가 그곳에 공을 들인 게 어디 한두 해인 줄 알아! 그런데 경찰이 갑자기 와서 모조리 잡아갔다고? 무슨 개소리야!"

흑모도는 섬이다.

관광 섬으로 적지 않은 돈이 돌기는 하지만, 정부의 관심이 미치지 않는 섬이다.

그래서 그곳을 집어삼키려고 몇 년 동안 공을 들였다.

결국 조직에서 그 섬의 상권을 거의 집어삼키는 데 성공했다.

그런데 갑자기 멀쩡하게 있던 사람들이 모조리 잡혔다? 이건 말도 안 된다.

"그럼 다른 애들 보내! 어차피 불법체류하는 놈들이 한두 명도 아니잖아!"

"그게…… 단순히 체류하던 사람들만의 문제가 아닙니다. 불법 고용을 했던 선주들과 선장들까지 모조리 잡혀가고 있어서……."

"큭."

단순히 불법체류자만 박멸된 거라면 문제가 안 된다.

중국은 인구가 넘치고, 한국에 들어가서 일하고자 하는 녀석들은 쌓이고 쌓였다.

하지만 그들을 고용했던 사람들까지 처벌받는다면 심각한 문제가 된다.

"도대체 왜? 한국은 그들은 별로 손대지 않았잖아?"

천성계는 이를 박박 갈았다.

부하는 천성계의 표정을 보고 곤란한 얼굴이 되었다.

"그게…… 아무래도 여자 문제가 같이 엮여서……."

"쌰앙!"

천성계는 눈앞에 있던 명패를 집어 던졌다.

부하는 그걸 피하지도 못하고 이마로 맞아야 했다.

"어쩔 수가 없었습니다……. 단순히 불법체류자를 고용한 것만이 아니라 감금과 착취 같은 강력 범죄까지 얽힌 이상 어떻게 풀려나게 할 수가 없습니다."

"큭."

만일 자신들과 연결되어 있던 선주들과 선장들이 다 잡혀 갔다면 남은 것은 자신들을 막으려고 하던 녀석들뿐이다.

섬이라는 구조상 그렇게 되면 다시 들어가는 것은 실질적으로 불가능하다.

"도대체 일이 이 지경이 되도록 왜 모른 거야?"

"워낙…… 번개같이 벌어진 일입니다. 새론에서……."

"새론?"

새론이라는 말에 움찔하는 천성계.

그는 새론에 당한 경험이 두 번이나 있었다.

한 번은 노친네들을 죽여 주던 살인 공장이, 또 한 번은 한국에 있던 장기 밀매 조직이 노형진과 새론에 발각되면서 박살이 난 것이다.

그 피해만 해도 한 해에 수백억.

"망할…… 새론……."

이를 빠드득 가는 천성계였다.

"우리가 얼마나 공을 들였는데."

"중요한 건 흑모도에만 국한된 일이 아니라는 겁니다."

"그렇겠지."

대한민국의 특성상 이런 일이 한번 터지면 전수조사를 하는 것이 일종의 당연한 과정처럼 되어 있다.

당연히 그걸 피하기 위해서는 조직을 뺄 수밖에 없다.

그리고 그렇게 되면 세력이 줄어든다.

"결단을 내려야 합니다. 벌써 한국 정부에서는 섬에 대한 전수조사를 한다고 합니다."

"큭."

천성계는 이를 빠드득 갈았다.

그렇다면 방법이 없다. 가만히 있다가 다 털리느니 손해를 각오하고 조직을 빼는 수밖에.

"애들 빼."

"알겠습니다."

부하가 나가고 난 후 천성계는 벽에 붙어 있는 지도를 바라보았다. 그의 매서운 시선은 지도의 중국 옆에 붙어 있는 대한민국에 향해 있었다.

"새론이라……. 한번 손을 써야겠군."

그는 이를 빠드득 갈았다.

살인의 추억? 지랄한다

변호사 노릇을 하다 보면 여러 종류의 사람들을 만나기 마련이다.

그리고 그중에는 전혀 생각하지 못한 타입의 사람도 있다.

그러나 노형진의 생을, 그것도 회귀 전의 생까지 통틀어도 오늘처럼 특이한 손님을 받은 적은 없었다.

"에, 그러니 유창식 검사님은 우리한테 의뢰를 맡기고 싶다 이거죠?"

"네."

"저기, 여기는 변호사 사무실입니다만?"

너무 어이없는 상황이어서 노형진에게 일단 상담이 들어갔다.

물론 노형진의 입장에서도 당황스러운 상황이었지만 말이다.

"압니다."

"그런데 우리한테 맡기신다고요?"

"맡긴다기보다는 부탁하는 거죠."

"……."

"여기는 특이한 의뢰도 다 받아 준다고 하던데요?"

"뭐, 기본적으로는 그렇습니다만……."

노형진조차도 어리둥절한 얼굴로 제대로 말을 잇지 못하자 송정한이 아무래도 안 되겠다고 생각했는지 끼어들었다.

"그거야 그렇지만, 형사사건에서 변호사가 공격하는 입장이니 할 만한 게 없습니다. 형사사건의 공격하는 측은 검사 아닌가요?"

"맞습니다."

"그런데 왜 의뢰하시겠다는 건지……?"

물론 검사라고 해도 의뢰하지 말라는 법은 없으며, 그들이 당사자인 경우 변호사를 선임하는 것 역시 당연한 일이다.

그러나 이번 사건, 즉 유창식이 의뢰하고자 하는 것은 너무나 특수한 경우였다.

"그러니까 제가 부탁드리는 겁니다."

"솔직히 당황스럽습니다. 형사적 공략법을 의뢰하는 검사라니."

노형진과 송정한이 당황해서 말을 하지 못하는 것.

그건 유창식이 부탁한 것이 변론이나 방어가 아니라 자신과 싸우는 대상에 대해 공략할 법을 알려 달라는 것이었기 때문이다.

"공격은 제가 합니다. 하지만 그 방법을 새론에서 찾아 달라는 겁니다."

"하아."

노형진으로서는 당황스러운 부탁, 아니 의뢰였다.

살다 살다 검사가 형사사건에 대한 공략법을 의뢰한 적은 처음이었다.

"아무래도……."

송정한은 안 될 것 같다는 소리를 하려고 입을 열었다.

하지만 노형진은 그런 송정한을 일단 말렸다.

"자세한 이야기를 들어 보고 판단하죠."

확실히 특이한 사건이다.

더군다나 진행 중인 사건을 외부에 무단으로 공개하는 것은 문제가 될 소지가 다분하다.

'그럼에도 불구하고 여기까지 찾아온 것은 제대로 된 검사라는 뜻이겠지.'

말 그대로 정의를 지키고 범죄자를 잡는다는 기본에 충실한 변호사.

그런 사람이 흔한 것이 아닌 만큼 노형진은 가능하면 그의 부탁을 들어주고 싶었다.

"이번 사건의 가해자는 백승모입니다."

노형진과 송정한의 얼굴이 절로 일그러졌다.

그럴 수밖에 없는 게, 요즘 백승모를 모르는 사람이 없기 때문이다.

"아시는군요?"

"알죠……. 대한민국에서 모르는 사람이 있을까요?"

그의 죄목은 살인이다.

그는 말을 듣지 않는다는 이유로 동기생을 가둬 둔 상태에서 구타하여 죽였다.

사실 죽였다는 사실보다는 그 잔혹성 때문에 말이 많은데, 뜨거운 물을 남성의 성기 부위에 들이부어 버리거나 뜨거운 다리미로 등을 찍어 누르는 등 사실상 고문을 했다는 것이 문제였다.

그것도 무려 닷새 동안이나.

"그 녀석을 집어넣고 싶습니다."

노형진은 얼굴을 찌푸렸다.

이건 못 넣으면 병신이라는 소리가 들릴 만큼 충격적인 사건이다. 그런데 자신에게 도움을 청하다니?

"그건 굳이 저희가 어떻게 해 드리지 않더라도 하등 문제가 없을 것 같은데요?"

무려 닷새나 가둬 두고 고문해서 죽였다. 그런데 그걸 공략할 방법이 없다는 게 말이나 되는가?

"물론 그렇게 보이죠. 하지만 그 뒤에 있는, 보이지 않는 부분이 문제입니다."

"보이지 않는 부분?"

"네. 그 녀석의 아버지가 누군지 아십니까?"

"모르죠."

"백수만입니다."

노형진은 어깨를 으쓱했다.

모르는 이름이다. 자신이 관심을 가질 만한 사람이 아니다.

"그러면 그 녀석의 할아버지는 누군지 아십니까?"

"아버지를 모르는데 할아버지를 알 리 없죠."

"백탁현입니다."

그러자 송정한의 얼굴이 딱딱하게 굳었다.

노형진은 백탁현이 누군지도 몰랐기 때문에 어리둥절한 시선으로 송정한을 바라볼 수밖에 없었다.

"그 녀석이 누군데요?"

"백탁현…… . 설마 대한상업회의소 회장 말씀하시는 겁니까?"

"네."

"크…… ."

노형진은 입맛이 뚝 떨어졌다.

백탁현이나 대한상업회의소라는 것에 대해 잘 아는 건 아니지만 회장이니 어쩌니 하는 직함과 앞에 붙어 있는 '대한'이라는 이름만 들어 봐도 정치권과 아주 잘 결탁되어 있는 조직임을 추측할 수 있었기 때문이다.

"하아, 대한상업회의소는 상업의 발전을 위해 발족된 단체일세. 상업적 시장에서는 절대적 위력을 발휘하지. 대한민국의 4대 경제 단체 중 하나이고."

"좋지 않군요."

대한민국 4대 경제 단체는 전국경제인연합회, 한국무역협회, 중소기업중앙회 등 세 곳을 포함해서 이르는 말이다.

'그리고 우리나라의 경제 단체는 철저하게 기득권을 대변하지.'

그런 면에서 볼 때 대한상업회의소는 당연히 기득권을 대변하면서 그들과 결탁한 조직일 가능성이 높다.

"아무래도 민간단체다 보니 외부에는 자세한 사항이 나가지 않습니다. 하지만 대한상업회의소쯤 되면 공식적으로는 민간이지만 비공식적으로는 정부 산하단체나 마찬가지입니다."

유창식 검사의 말에 노형진은 고개를 끄덕거렸다.

그 말을 부정할 수가 없었던 것이다.

"그런데 그 회장의 손자가 이번 사건의 범인이라고요?"

"네."

"흠……."

노형진은 왠지 상황이 어떻게 돌아가는지 감이 오기 시작했다.

단순한 살인 사건이 아니라 정부에서 압력을 가해서 풀어주려고 하는 권력형 비리 사건이라는 뜻이 되기 때문이다.

"상부에서 명령이 떨어졌습니다만…… 솔직히 전 그 명령에 따를 생각이 없습니다. 하지만 저로서는 방법이 없더군요."

"방법이 없다라……."

노형진은 잠깐 침묵을 지켰다.

이번 사건은 증거도 명확하고 사건도 잔혹하며 대한민국을 뒤흔든 충격적 사건이다.

그런데 풀어 주라는 명령이 내려왔다라…….

"정부에서는……."

"정신이상으로 몰아붙이라고 했군요."

노형진은 유창식이 말을 끝내기 전에 먼저 말을 꺼냈다.

그리고 그 말을 들은 유창식은 놀라는 얼굴이 되었다.

"어떻게 아셨습니까?"

"뻔하지요. 필요 이상으로 잔혹한 범죄, 권력을 가진 집안, 외부에 드러나서 숨길 수는 없고, 처벌 자체도 무척이나 강한 살인. 그런 상황에서 빼내는 방법은 하나뿐이죠. 바로 정신이상."

"하아, 맞습니다. 정신이상을 주장하고 있습니다. 위에서는 모른 척하라는 눈치구요."

"끄응……."

사람들이 잘 모르는 것 중 하나가 바로 정신이상으로 인한 규정이다.

쉽게 말해서 어떤 사람이 범죄를 저질렀는데 그 원인이 정신적 불안정이나 정신이상이라고 하면 그에 대해서는 처벌하지 않는다.

정신병원에 넣을 뿐이다.

'그리고 이런 경우는 100% 풀려난다.'

일단은 여론이 잠잠해지면 퇴원하는 것이다.

형사처벌을 받는 게 아니라 정신병원에 넣는 것이기 때문에 병원에서 정상이라고 나오면 그때는 퇴원할 수 있다.

"그 녀석은 미친놈이 맞습니다. 그건 인정하죠. 하지만 그렇다고 풀려날 정도로 완벽하게 미친 놈도 아닙니다."

정상적인 인간이라면 그렇게 사람을 가둬 두고 고문하지는 않을 것이다.

그러니 미친놈이라는 주장이 일부분 맞기는 하다.

'하긴…… 저 법의 문제는 그거지.'

모든 병에는 경중이 있다.

미쳤다고 해서 무조건 풀려나면 안 된다.

그렇게 되면 누구나 다 살인을 저지르고 미쳐서 그런 거라고 할 테니 말이다.

"그리고 제가 봤을 때 이 녀석이 미친 건 맞지만, 사리 분별은 가능할 정도로 미쳤다는 게 문제입니다."

"쉽게 말해서 사이코패스라는 소리군요."

"네."

"흠……."

사이코패스는 미친놈이라고 해도 병원에 가지 않는다. 그건 고칠 수가 없는 것이기 때문이다.

미쳐서 풀려나는 것은 기껏해야 우울증같이 자신이 통제하지 못하는 질병에 한해서다.

"그런데 위에서는 미친놈으로 몰아가서 풀어 주라는 명령이 떨어졌다 이거구요?"

"그렇습니다."

물론 검사의 입장에서는 어찌 되었건 기소해야 하는 대상인 만큼 그 부분에 대해 인정하지 않는 제스처를 취할 것이다.

문제는 그 강도다.

'변호인 측에서 미쳤다고 변론할 건 뻔한 일이고.'

그런 상황에서 검사가 적극적으로 부정하지 않는다면 상대방의 정신이상은 확정되어 버릴 가능성이 높다.

그렇게 되면 그 녀석은 잠잠해지는 1년 후쯤 완치 판정을 받아서 출소할 가능성이 높다.

물론 그 과정에서 한때 미쳤다는 타이틀이 붙기는 하겠지만, 그는 돈이 있는 자다. 그 정도 구설수는 문제가 안 된다.

"하지만 저로서는 도무지 방법이 없더군요."

유창식은 고개를 절레절레 흔들었다.

상부의 명령이 떨어졌다고 하지만 그래도 그는 물러날 생각이 없었다.

문제는, 상대방이 미쳤다는 증거를 가지고 나올 게 뻔한데

전에는 이런 사건이 없었기 때문에 어떻게 반박해야 할지 모른다는 것이다.

'하긴, 그렇군.'

언제나 법적으로 공격자인 그가 미친놈을 본 적은 없을 것이다.

더군다나 그들은 돈이 있다. 당연히 정신 질환을 꾸며 내기 위해 상당한 돈을 뿌렸을 것이다.

'뭐, 진단서 같은 건 돈만 주면 얼마든지 가짜로 가지고 올 수 있으니까.'

그런 상황에서 판사까지 저쪽에 넘어가 있다면 그는 무조건 정신병원으로 가게 될 것이다.

그리고 조용해지면 풀려날 테고.

"어떻게 생각하십니까?"

노형진은 송정한을 바라보았다.

"좀 곤란한 사건이군."

송정한도 대충 상황이 어떻게 돌아가는지 알았기 때문에 이번에는 딱 잘라서 거절하자는 소리를 하지 못했다.

"그렇지만 이번 일은 무척이나 위험한 일이야. 알지?"

"압니다. 언제는 안 그랬습니까?"

범인인 백승모의 할아버지는 대한상업회의소 회장이다.

경제 시장에서 가지는 위력은 어마어마할 테니 그대로 정치권에 들어갈 것이다.

'애초에 대한상업회의소의 건립 목적이 대정부 압력이니.'

그들은 민간단체이면서도 사실상 정부에 강력한 입김을 행사하고 있다.

당연히 이득을 위해 정부나 다른 세력과 결탁하는 데 능하다.

"그렇다고 가만둘 수는 없지 않은가?"

물론 모른 척할 수도 있다.

형사사건은 변호사가 아니라 검사가 해야 하는 일인 만큼, 노형진과는 아무런 관련이 없는 일이다.

"그렇기는 하지요."

하지만 세상에서 제일 비싼 것은 양심이라고 했다.

한번 양심을 팔아먹으면 계속 팔게 되기 때문이다.

"그나저나 왜 우리한테 온 겁니까, 다른 선배도 많은데?"

유창식은 고개를 흔들었다.

"갔다 왔습니다."

"그런데요?"

"다들 발을 빼더군요."

대충 상황이 이해가 가는 일이었다.

사실 새론이 크고 힘이 있기는 하지만 법조계에서 그다지 환영받는 상황은 아니었다.

다른 변호사들과 다르게 몸을 낮추고 가격을 낮췄다.

더군다나 그동안 일부 부자들에게만 비밀리에 진행해 주던 서비스를 모든 국민에게 한다는 점에서, 다른 변호사들이 좋지 않게 생각하는 상황.

'그런데 여기까지 밀려왔다 이거지.'

"나중에는 경찰을 통해 프로파일러를 움직이려고 했습니다. 그런데 갑자기 모든 프로파일러들이 출장 중이라는 답변이 돌아오더군요."

물론 프로파일러들이 바쁜 것은 사실이다.

하지만 이번 사건처럼 수사 없이 기록만 보고 판단하는 것은 오래 걸리는 일도 아니다.

결국 그렇다는 것은, 경찰에서도 정치적 부담 때문에 거절했다는 뜻이다.

"그래서 우리군요."

법적으로 어떻게 해서든 해결책을 찾는 데다가 자체적으로 프로파일러가 있는 새론으로 온 것이다.

"뒤가 안 좋을 겁니다."

노형진은 담담하게 유창식을 바라보면서 말했다.

일단 수사 중인 사실을 외부에 알렸다는 현행법 위반은 둘째 치고, 위에서 풀어 주라 한 것을 대놓고 무시했으니 당연히 상당한 압력이 들어올 것이다.

버티면 지방으로 갈 테고 나가도 전관은 못 받을 가능성이 높다.

"뭐, 마음대로 하라고 하세요. 우리들은 그런 데 신경 안 씁니다."

"우리들?"

"개인적인 모임이 있습니다."

그렇게 말하면서 씩 웃는 유창식.

하지만 그 짧은 말로도 노형진은 그가 무슨 말을 하려는 건지 알 수 있었다.

'위험한 게임을 하는군.'

정부는 자기 조직 내에서 사조직을 만드는 것을 무척이나 두려워한다.

대표적인 것이 바로 군대다. 과거 하나회라는 사조직이 쿠데타의 핵심에 섰던 전력이 있기 때문이다.

그건 검찰도 마찬가지다.

"스릴을 즐기시나 봅니다."

"저쪽도 미친놈이라고 주장하지만 이쪽에도 미친놈들 많거든요. 미친놈 불변의 법칙이 있다고 하지 않습니까? 세상은 어딜 가나 미친놈이 있기 마련이다, 만일 다들 정상이라면 내가 미친놈이다."

"하하하."

유창식이 말하는 내용은 간단했다.

내부에 법적인 정의를 위해 뭉친 검사들끼리의 조직이 있다는 것이다.

'그래 봤자이기는 하지만.'

노형진은 그 사실이 참으로 안타까웠다.

그들은 존재하지만 힘을 쓰지는 못하는 조직이다. 그래서 사법 정의를 실현시키지 못한다.

압력을 행사하는 건 애초에 불가능하다. 사조직 자체가 불법이니 말이다.

'더군다나 일단 승진 시즌이 오면 모래성처럼 부서지는 게 사람이지.'

유창식은 평검사다. 아직 정의에 불타고 있고 사건에 관련해서 그다지 유혹도 느끼지 않는다.

그러나 승진해서 엄청난 뇌물을 받기 시작하면 초심을 지키는 검사는 줄어든다.

'그래서 결국 개혁은 물 건너가지만.'

노형진이 회귀하기 전 대한민국이 지옥 그 자체라 불리던 그 시점까지, 결국 검찰은 바뀌지 않았다.

'그렇지만……'

이번에는 자신이 있다는 사실에 노형진은 손을 좀 써 볼 생각을 하기 시작했다.

"좋습니다. 그거, 제가 하지요."

노형진은 유창식의 두 손을 꼭 잡았다.

⚖️

"위험한 행동일세."

송정한은 침을 꿀꺽 삼켰다.

노형진이 지금까지 위험한 행동을 한 게 한두 번이 아니다. 그리고 그 과정에서 만든 적도 한두 명이 아니었다.

하지만 이번에는 대상이 너무 다르다.

"압니다."

노형진은 이참에 유창식의 그 집단에 힘을 좀 줄 수 있는 방법을 찾아볼 생각이었다.

그리고 그 과정에는 당연히 자신이 사건을 풀어서 정보를 주는 방식도 해당된다.

"하지만 그게 잘되면 우리가 가질 파워에 대해 생각해 보십시오."

"그거야 그렇지만…… 사조직이라니……."

"어차피 있는 사조직입니다. 안 그런가요?"

"하아."

웃긴 일이지만 이미 사조직은 충분히 있다.

공식적으로 그들은 취미 활동이나 봉사 활동을 가장한다.

애초에 인간이라는 존재가 있는데 자기 이득을 위한 조직이 생기지 않는다는 건 말도 안 되는 개소리다.

"이득을 위해 일하는 사조직은 묵인되는데 정당하게 정의를 세우려고 하는 사조직은 묵인되지 않는다는 게 말이나 됩니까?"

"그건 그러네만……."

송정한은 쩝쩝 입맛을 다셨다.

그가 판사로 있던 시점에도 사실 사조직은 있었다. 다만 그 조직원들 역시 나이 먹고 타락하면서 이탈했을 뿐.

'결국은 그 탓에 내가 쫓겨났지만…….'

노형진에게도 말하지 않은 것.

공식적으로는 스스로 그만둔 것이지만 비공식적으로는 쫓겨난 것이다.

원래 조직에서 변절한 사람이 더 과거에 예민한 법이다.

송정한과 함께 사법 정의를 부르짖던 동료들은 타락하고 뇌물에 넘어가면서 동료들을 버렸다.

당연히 그들의 입장에서는 끝까지 신념을 버리지 않는 송정한이 불편할 수밖에 없었다.

그래서 그들은 합심해서 공격해 왔고, 송정한은 그만둬야 했다.

"하지만 그들은 집요하네. 우리 회사 자체에 문제가 될지도 몰라."

"그러니까 안 걸리게 할 방법을 찾아야지요."

"끄응……."

"원래 법이라는 게 걸리지만 않으면 되는 거 아닙니까? 하하하."

그들은 집요하다.

노형진을 만나기 전까지 새론이 망해 가던 이유가 바로 그러한 집요함 때문이다.

원래 역사에서는 새론은 망한다. 그러나 노형진이 나서면서 새론은 새롭게 태어났다.

그것도 신념을 잃어버리지 않으면서 말이다.

'웃긴 일이야……'

송정한은 과거를 생각하면서 고개를 절레절레 흔들었다.

도리어 변호사들 중에 자신처럼 신념이 있는 사람들이 더 많았다.

변호사들 중에는 조직에 속하지 않은 사람들이 많다.

거대 로펌에 속했다는 것 자체가 전관을 받으면 들어왔다는 뜻이기도 하다.

그렇다 보니 개인적인 신념을 지키기가 더욱 쉬웠을 것이다.

"그래서, 하지 말까요?"

노형진은 빙긋 웃으면서 송정한을 바라보았다.

그는 송정한이 무슨 말을 할지 알고 있었지만 물어본 것뿐이었다.

"하지 말라는 건 아니고……. 에효…… 걸리지나 말게."

"알겠습니다."

아니나 다를까, 송정한은 결국 노형진에게 수긍하면서 인정할 수밖에 없었다.

그 역시 신념을 꺾고 싶지는 않았던 것이다.

"그러면 일단은 가장 먼저 뭘 할 생각인가?"

"일단은…… 사건 기록을 분석해 봐야지요."

노형진은 제법 두툼한 서류를 보면서 중얼거렸다.

⚖️

김소라는 사건 파일을 열면서 하나씩 설명하기 시작했다.

"일단 이 사건 파일의 현장 사진을 기준으로 말씀드리겠습니다. 가해자는 기괴할 정도로 통제욕을 가지고 있습니다."

김소라는 이번 사건에 대해 아무것도 모른다.

프로파일러 팀은 사건이 넘어갈 때 선입견을 최대한 배제하기 위해 사전에 선입견을 가질 만한 자료는 모두 가리고 받는다.

이름이나 생년월일 등 가해자를 특정할 수 있는 자료는 전혀 모르는 상태에서 사건 기록만으로 판단하는 것이다.

"하지만 가학성애자는 아닙니다."

"그게 무슨 말인가, 가학성애자는 아니라니?"

사건 기록에 따르면 그는 가학성을 가진 정신 질환자로 되어 있다. 그런데 가학성애자가 아니라니?

"가학성애자와 통제 욕구를 가진 자는 전혀 다릅니다. 가학성애자는 상대방이 고통스러워하는 걸 즐깁니다. 그래서 좀 더 가학적인 고문법을 추구하는 성향이 있습니다. 손발톱을 뽑거나 칼로 상대방을 찌르는 식입니다. 하지만 통제 욕구를 가진 사람은 상대방에 대해 통제하고 자신의 발아래에 두는 것을 좋아합니다. 그가 고통스러워하는 것을 즐기는 게 아니라 고통에 못 이겨서 자신에게 비는 것을 즐기죠. 그래서 덜 치명적이지만 고통을 줄 수 있는 행위를 즐깁니다. 피해자의 시신을 보면, 직접적인 피해의 대다수가 외부의 고문에 의해 발생했습니다. 소위 말하는 가학적 도구보다는 뜨거운 물이나 다리미 등, 고통은 주지만 치명적이지 않은 것을 이용했다는 뜻이지요. 그건 상대방이 죽지 않게 세심하게 배려했다는 뜻입니다."

"세심하게 배려했다?"

"쉽게 말해 피해자가 죽는 순간까지 괴롭힐 목적으로 최대한 죽음을 늦추려고 한 겁니다. 가해자는 피해자에 대해 무척이나 지배 욕구가 강합니다. 즉, 그의 죽음마저 통제하려고 한 겁니다."

무태식은 얼굴을 찌푸렸다.

세심하게 배려한다는 그 표현이 왠지 전혀 안 어울리게 들렸던 것이다.

"차라리 이럴 때는 한 번에 죽여 버리는 게 배려 아닙니까?"

"자기를 위한 배려죠."

상대방을 위한 게 아니라 자신의 만족을 위한 배려.

"희생자는 아마도 운동을 하던 선수, 특히 인기가 많았던 사람인 것 같습니다."

"어떻게 아셨습니까?"

"사진에 따르면 희생자는 상당히 근육이 발달한 상태입니다. 보디빌딩이나 강제적 운동이 아니라, 말 그대로 실전적 운동을 통해 만들어진 근육입니다. 그런 걸 봤을 때 운동선수일 가능성이 높지요. 그리고 희생자의 유류품을 보면 패션에 예민한 편입니다. 그렇다는 건 자신을 상당히 꾸미는 편이었다는 뜻입니다. 그런 사람들은 일반적으로 인기가 많지요."

김소라의 말에 노형진은 고개를 끄덕거렸다.

"맞습니다."

피해자는 해당 학교 농구부의 주장으로, 여성 학우들에게 상당한 인기가 있는 사람이었다. 그는 졸업하고 난 후 프로 전향이 확실시되던 사람이었다.

"하지만 가해자와 친분이 있다고 보이지는 않습니다."

"네?"

"뭐라고요?"

무태식을 비롯한 사람들은 깜짝 놀랐다.

지금까지 피고인이, 아니 변호사가 주장하던 것과는 전혀 다른 말이었기 때문이다.

"지금 변호인들은 피고인이 피해자에게 괴롭힘당한 것으로 인한 정신병 발작이 사건의 원인이라고 주장하고 있는데요?"

"그건 내가 봐도 아닙니다. 그건 변명일 뿐이에요."

노형진은 기록을 넘기면서 피식 웃었다.

변론하기 위해 거짓말하는 것은 흔하게 벌어지는 일 중 하나다.

"사람은 누군가에게 괴롭힘을 당하면 일단 상대방에게 두려움을 가집니다. 그 한계가 넘어섰을 때 반격을 하기는 하지만, 현대사회에서 그 정도의 폭력이 행해지는 건 쉬운 일이 아닙니다."

노형진의 말에 김소라 역시 고개를 끄덕거리면서 수긍했다.

"그럴 가능성은 낮습니다. 만일 원한 관계에 의한 보복이었다면 확실하게 끝내는 쪽을 선택할 겁니다. 그런데 이건 장시간 죽지 않을 만큼만 괴롭혔고, 결국 닷새 만에 쇼크사했지요. 이건 괴롭힘에 의한 보복이 아닙니다."

"그럼 왜 그런 건가? 이유가 없지 않나?"

"이런 경우 피고인은 피해자의 그림자에 가려져서 제대로 빛을 보지 못한다는 원한을 가지고 있을 가능성이 높습니다. 쉽게 말해 너만 아니면 내가 1등이라는 심리지요."

"흠……."

"그런 상황에서 상대방을 굴복시키고 위에서 지배하고 있다는 사실이 극도의 흥분과 쾌감을 줬을 겁니다."

"흠……."

노형진은 심각한 얼굴로 김소라를 바라보았다.

그리고 우려 섞인 목소리로 천천히 그녀에게 물었다.

"그거 인격 장애 아닙니까?"

인격 장애는 정신병의 한 종류지만 치료 대상에 들어가는 질병은 아니다. 말 그대로 정신적 문제가 아니라 그 사람 성격이 이상한 것뿐이다.

"맞습니다. 인격 장애죠."

정신병이 처벌받지 않는 이유는 어떤 게 바른 일인지 전혀 이해하지 못하는 상황이기 때문이다.

그런데 인격 장애는 성격이 나쁠 뿐, 이성적으로 그게 범죄라는 사실을 모르지는 않는다.

"하지만 그걸 인정하지는 않겠지요."

김소라는 서류를 보면서 착잡한 듯 말했다.

"프로파일러를 참석시키지 않은 이유가 있네요."

노형진은 유창식의 요청이 거절당한 이유를 알 것 같았다.

공식적으로 프로파일러는 범죄를 추적할 때 일한다는 게 이유지만, 실질적으로 프로파일러들이 범인이 정신이상이 아니라는 점을 증명할 수 있기 때문에 거절한 것이리라.

"그럼 어떻게 해야 할까요? 어찌 되었건 상대방은 작심하고 나올 텐데요."

무태식은 걱정스럽게 말했다.

검사에게 대놓고 압력이 들어올 정도면 서류를 조작해서 증거를 내미는 것은 당연하다고 봐야 한다.

"하긴…… 그렇기는 하겠군요."

"일단 그걸 깰 수 있는 방법을 찾아봅시다. 그들이 내밀

수 있는 증거에는 한계가 있으니까요."

노형진의 말에 다들 고개를 끄덕거렸다.

⚖️

"뭐라고요?"

노형진은 자신의 귀를 의심했다.

"그쪽에서 국민 참여 재판을 신청했다고 했습니다."

"국민 참여 재판을요?"

유창식의 목소리에는 어이없다는 느낌이 팍팍 들어 있었다.

노형진이 봐도 이건 말도 안 되는 소리였다.

"아니, 왜요?"

"글쎄요……. 저도 잘 모르죠."

지금 백승모에 대한 국민적 분위기는 그다지 좋지 않다.

그런데 국민 참여 재판을 한다는 건 자기 스스로 자기 무덤을 판다는 소리다.

'이게 무슨 일이래?'

노형진은 멍하니 그 말을 듣고 있다가 황급히 유창식에게 백승모의 변호사가 누구인지 물어봤다.

"아무래도 상대방 변호사가 만만치 않은 사람인 것 같은데, 누굽니까?"

"손하균입니다."

노형진의 얼굴이 와락 일그러졌다.

"좋지 않군요."

"좋지 않다고요?"

"네."

노형진은 한숨이 나왔다.

손하균.

명실상부한 대한민국 2위 로펌인 태양 로펌의 주인이자 최강의 변호사로 유명한 사람이다.

어떻게 보면 자신과 가장 비슷한, 하지만 자신보다 훨씬 힘이 있는 자리에 있는 사람.

'그리고 손채림의 아버지……'

지금은 자신의 꿈을 위해 유학을 간 손채림의 아버지이기도 한 손하균은 절대로 만만한 사람이 아니었다.

"혹시 그쪽에서 실수한 게 아닐까요?"

유창식의 말에 노형진은 고개를 절레절레 흔들었다.

"그럴 리 없습니다."

그는 이런 터무니없는 실수를 할 사람이 아니다.

단순히 서류 접수를 잘못했다고 보기에는 너무나 큰 차이니까.

"큭…… 대충 알겠네요."

"뭡니까?"

"면죄부입니다."

"면죄부?"

"네. 지금 백승모는 사실상 국민에게 사형선고를 받은 상태나 마찬가지입니다."

하지만 만일 일반인이 판단하는 국민 참여 재판에서 그가 정신이상이라는 점이 인정된다면 국민들도 납득할 것이다.

'그러면 사회적인 재기도 훨씬 쉽지.'

쉽게 잊어버리는 대한민국 국민의 특성상, 그런 분위기만 잘 맞춰 주면 그는 그저 불운한 미친놈이 되는 것이다.

"하지만 쉽지 않을 텐데요."

그러나 이미 백승모는 국민적 여론으로 찍혀 있는 상황.

그런데 국민 참여 재판이라니. 아무리 생각해도 미친 짓 그 이상도 그 이하도 아니다.

문제는 그 미친 짓이 실제로 이루어지고 있다는 것.

"그쪽에서 그렇게 나온다면…… 뒤집을 수 없는 확실한 증거를 가지고 있다는 뜻이 되겠지요."

"……."

유창식은 침묵을 지켰다.

이건 생각지도 못한 일이었기 때문이다.

시간은 속절없이 흘러서 결국은 재판 날짜가 되었다.

노형진과 새론에서 최대한 증거를 모아서 넘겨줬지만 상대방은 법무 법인 태양. 그것도 최강의 변호사라 불리는 손하균.

　'과연 어떤 카드를 가지고 나올까?'

　노형진은 오늘 재판을 보기 위해 자신의 변론 기일조차 미루고 재판정을 찾았다.

　어떤 증거가 나왔는지 알아야 반격을 할 수 있기 때문이다.

　"보다시피 이번 사건에서 피해자는 정신적 이상 증세를 가지고 있어 그로 인하여 범죄를 저질렀고……."

　재판정에서 변호인 측은 미리 준비한 변론을 열심히 하고 있었다.

　물론 노형진 측의 증거를 받은 유창식 역시 만만치 않게 반격하고 있었지만 말이다.

　"피고인의 정신이상이 갑자기 급격하게 악화되어 공격을 했다는 것은 말이 안 됩니다. 더군다나 기존의 정신이상으로 인한 범죄를 보면, 가해자는 장기적 고문이 아니라 단기적이고 순간적인 공격으로 끝냈습니다. 하지만 이 범죄에서는 가해자인 피고인이 장시간에 걸쳐서 집요하게 피해자를 괴롭혀 결과적으로 죽음에 이르게 했습니다."

　나름 이론적인 반박이 이어졌고, 사람들의 분위기는 확실히 검사 쪽으로 넘어가고 있었다.

　'뭐지……? 뭐냐……?'

노형진은 손하균을 보면서 뭐가 목적인지 어떻게 해서든 알아내기 위해 노력하고 있었다.

하지만 손하균은 전면에 나서서 말하지 않고 그저 앉아 있을 뿐이었다.

하긴, 그쯤 되는 사람이 나서서 변론할 일은 별로 없다. 아랫사람들이 다 변론해 주니까.

'분위기는 확실히 백승모 쪽에 불리한데.'

노형진은 그렇게 생각하면서 손하균을 다시 바라보았다.

그다음 순간, 노형진은 움찔할 수밖에 없었다.

'웃어?'

그는 분명히 웃고 있었다.

누가 봐도 불리한 상황에서 말이다.

노형진의 시선을 느꼈던 것일까?

손하균은 천천히 고개를 돌려서 노형진을 바라보더니 자신의 차례가 오자 천천히 자리에서 일어났다.

"친애하는 재판장님."

그는 재판장 앞으로 나가면서 입을 열었다.

"이번 사건에서 중요한 점은 피해자가 과거에 가해자인 피고인에게 심대한 폭력을 행사하였다는 점입니다. 그로 인하여 가해자, 아니 가해자로 보이는 백승모 군은 정신병이 발작하였습니다. 그럼에도 불구하고 피해자인 도정만은 그러한 폭력 행위를 멈추지 않아, 백승모 군은 장시간의 정신과 치료를 받아야 했습니다. 그러나 그러는 와중에도 도정만의 공격 행위는 계속되어, 결국 이번 사건이 벌어진 것입니다."

"그건 말도 안 되는 일입니다. 도정만과 백승모는 대학을 다니기 전까지 같은 학교를 다닌 적이 없습니다."

도정만과 백승모는 같은 지역 출신이다. 그건 부정할 수 없는 사실이다.

하지만 그렇다고 해서 무조건 왕따가 이루어졌다는 증거는 없다.

"그래서 학교 폭력이 사라지지 않는 겁니다. 경찰이나 검찰이 제대로 수사하지도 않고 수사할 의지도 없으니까요."

"그게 무슨 말도 안 되는 소리입니까?"

"글쎄요. 말이 안 되는 소리라 생각하십니까? 우리나라에 얼마나 많은 왕따나 학교 폭력이 있는지 모르지는 않으실 텐데요? 그때마다 검찰과 경찰은 해결한다는 말뿐이지요. 결국 다른 희생자가 나오기 전까지 그저 모른 척할 뿐입니다. 이 사건의 가해자는 백승모가 아니라 이 나라 경찰과 검찰입니다."

노형진은 뭔가 섬뜩한 느낌이 들었다.

'이건……?'

노형진이 한번 써먹었던 방식이다.

의뢰인을 보호하기 위해 그 책임을 다른 곳으로 밀어내는 방법.

"피고인 측의 주장대로라면 도정만이 백승모를 괴롭혔다는 뜻입니다. 그것도 아주 장시간에 걸쳐서요. 그런데 그런 증거가 어디에 있습니까?"

유창식은 강력하게 들어오는 손하균의 공격을 방어하기 위해 역공을 취했다.

"여기 있습니다. 재판장님, 증거로 가해자 백승모가 피해자 도정만에게 괴롭힘을 당하는 장면을 찍은 사진을 제출하는 바입니다."

그와 함께 내밀리는 사진들.

그걸 본 노형진은 뒤통수를 맞은 듯 멍해질 수밖에 없었다.

⚖

"당했습니다."

노형진은 재판을 마치고 나온 유창식을 보면서 중얼거렸다.

유창식 역시 고개를 끄덕거렸다.

"네…… 당했네요."

사진은 도정만이 무척이나 악질이라는 사실을 보여 줬다.

사람들을 구타하고 돈을 빼앗았다는 진술과, 그 장면에 찍혀 있는 백승모.

같은 학교는 아니지만 같은 지역에 있었기 때문에 충분히 부딪칠 수 있다는 점을 생각하면 있을 수 있는 일이었다.

'젠장⋯⋯.'

그 증거들로 인해 분위기는 완전히 바뀌었다.

국민들이 싫어하는 여러 가지가 있다. 그중 하나가 바로 학교 폭력이다.

매년 수많은 청소년들이 학교 폭력으로 자살한다.

그리고 학교 폭력을 옹호하는 사람은 없다.

"배심원들의 분위기가 그렇게 바뀔 줄이야⋯⋯."

"그동안 정부에서 학교 폭력을 제대로 통제하지 않은 반작용입니다."

시쳇말로 학교 폭력 가해자는 죽어도 싸다는 것이 국민들의 법 감정이다.

그런 상황에서 피해자가 가해자를 괴롭혔고, 그 때문에 미쳐서 범죄를 저질렀다는 증거는 사람들의 마음을 돌리기에 충분했다.

'어쩐지 이상하다 싶었어.'

사망한 사람은 패션에 상당히 많이 신경을 쓰는 타입이었다.

그런데 현대는 금전 만능주의 세상이다. 쉽게 말해 꾸미는 것도 돈이 있어야 가능하다는 소리다.

'젠장⋯⋯ 내가 직접 뛰었어야 했는데.'

자신의 사건이 아니라는 생각에 유창식이 준 정보 내에서 움직이면서 반박할 수 있는 증거를 찾았는데 전혀 엉뚱한 바깥에서 증거가 나온 것이다.

'유 검사는 우리 변호사가 아닌데. 큭…… 실수다.'

그는 분명히 기소에 필요한 증거만을 모았을 것이다.

모든 정보를 모아서 분석하는 새론 방식의 변론에 대해 알지 못했을 것이다.

그러니 도정만이 가해자라는 사실도 알지 못했을 가능성이 높다.

검사에게 필요한 것은 상대방을 감옥에 넣는 것이지, 희생자의 상황이 아니니까.

'실수다.'

노형진은 오랫동안 변호사 노릇을 해 왔다. 그래서 검사처럼 생각하는 법을 까먹고 있었던 것이다.

"어쩌죠? 이건 불리합니다."

이번 범죄에서 처벌은 중요한 게 아니다.

어차피 이건 명백하게 살인이기 때문에 처벌은 피할 수 없다.

문제는 가해자인 백승모가 학교 폭력의 피해자로 보인다는 것. 그로 인해 도정만이 죽어도 마땅한 놈으로 보인다는 것.

그러면 사람들의 마음은 자연스럽게 백승모 쪽으로 기울게 되어, 자연스럽게 정신이상이라는 주장이 먹히게 되는 것이다.

"가해자를 지킨다라……."

노형진은 얼굴을 찡그렸다.

우리나라 법조인들이 가장 욕먹는 부분이 바로 이것이다.

그리고 지금 노형진이 처한 상황이 그런 상황이다.

'아무리 법적으로 어쩌고 해도 약자를 괴롭히는 놈들을 좋아하는 사람은 없으니까.'

이미 배심원들은 심적으로 백승모와 손하균에게 동조하고 있는 상황.

"다음 기일 때까지 방법을 찾아보겠습니다."

노형진의 말에 유창식은 고개를 끄덕거리면서 안으로 들어갔다.

노형진은 그를 물끄러미 바라보다가 재판정 바깥으로 나왔다.

하지만 그는 나오다 말고 멈칫할 수밖에 없었다.

"오랜만이군."

"손하균 변호사님."

"열두 살인가 그때 보고 끝인가?"

자신을 바라보고 있는 손하균.

그는 노형진에게 껄끄러운 대상이었다.

"네놈이 잘나간다는 소리는 들었지."

시큰둥하게 말하는 손하균.

하지만 그 안에 감춰진 적의는 감출 수가 없었다.

'어째서?'

노형진이 지금까지 풀지 못한 것.

어째서인지 손하균의 집안은 노형진의 집안을 그다지 좋

아하지 않았다. 아니, 싫어했다.

사실 노형진의 집안은 그다지 잘난 집안은 아니었다.

회귀하면서 투자 정보를 기억해서 이제는 엄청난 갑부가 되었다고 하지만, 회귀 전에는 손하균의 집안에 비하면 진짜 아무것도 아닌 집안이었다.

'어째서냐.'

그런데도 자신들을 싫어하는 이유를 노형진은 여전히 알지 못했다.

심지어 손채림에게조차도 노형진을 이겨야 한다면서 강제로 법을 공부시켰다.

그로 인해 손채림의 미래가 바뀌었지만 말이다.

"네놈이 올 거라고는 솔직히 생각하지 못했다."

"아무래도 요즘 한창 말이 많은 사건이니까요."

"그렇지. 하지만 내가 이길 사건이기도 하지."

"……."

백승모는 힘과 권력을 가진 집안의 사람이다.

그의 정신병원행을 막는 유일한 방패는 국민들의 여론이다.

하지만 학교 폭력과 연관되면서 그 방패는 벌써 힘이 약해지기 시작했다.

"검사와는 좀 아는 눈치더만."

"뭐, 부정은 하지 않겠습니다."

그는 노형진을 떠보려는 듯 슬쩍 찔렀다.

하지만 노형진은 도리어 인정하면서 사건을 묻어 버렸다.

여기서 모르는 사이라고 하면 더 의심할 게 뻔하기 때문이다.

"개인적 친분이 좀 있습니다. 그래서 이번 사건이 좀 궁금하기도 했고요."

"미안하게 됐군. 친구 앞에서 지는 꼴을 보게 만들어서."

손하균은 그렇게 말하면서 몸을 돌렸다.

"얼마나 발버둥을 칠지 기대하고 있지."

그리고 씨익 웃는 손하균.

"나를 만나지 않기를 기도해야 할 거다, 애송이."

멀어지는 그를 보면서 노형진은 이를 빠드득 갈았다.

교묘한 진실

"완전 당했군요."

무태식은 이를 박박 갈았다.

노형진과 새론에서 찾아 준 증거면 충분히 사건을 뒤집을 수 있을 거라 생각했다.

하지만 상대방은 전혀 생각도 못 한 방향에서 사건을 공격한 것이다.

"이쪽을 더 악당으로 만든다……."

그건 쉬운 일이 아니다.

더군다나 가혹한 범죄를 저지른 사람에게는 말이다.

"하지만 이런 경우는 확실히…… 이야기가 달라지지."

벌써 언론에서는 도정만의 범죄 사실에 대해 떠들고 있다.

정권과 결탁한 그들에게는 그다지 어려운 일은 아닐 것이다.

"한편으로는 사람을 모아서 도정만에 대한 손해배상을 한다고 하더군요."

"뭐라고요?"

노형진의 말에 기가 막히다는 얼굴이 되는 무태식.

송정한도 어이없다는 표정이 되었다.

"그게 무슨 짓인가? 아무런 의미가 없는데?"

도정만은 죽었다. 그리고 현행법상 죽은 자는 재판에서 주체가 될 수 없다.

당연히 도정만에 대한 손해배상 청구 소송을 진행한다면 그건 재판부에서 기각될 것이다.

물론 그 가족들이 존재하지만, 도정만은 어찌 되었건 만 18세가 넘은 성인이다. 가족들이 책임질 이유가 없는 것이다.

"쇼하는 겁니다."

노형진은 한숨을 푹 쉬었다.

'역시…… 호락호락한 노인네가 아냐.'

다른 변호사들이 기각당할 걸 모를 리 없다.

그런데도 손하균은 피해자들을 모아서 도정만에 대한 손해배상을 하겠다고 공표하고 소송 인원을 모으고 있다.

"쇼라고?"

"네. 도정만이 학교 폭력의 가해자인 것은 확실합니다. 그건 부정할 수 없는 사실이지요. 더군다나 사망자에 대한 민사소송에서 질 건 뻔합니다. 하지만 이슈는 되겠지요."

"이슈가 된다라……."

"네. 그러면 당연히 배심원단도 그 뉴스를 보게 될 겁니다. 그들이 과연 뭐라고 생각할까요?"

"허……."

송정한은 헛기침이 나왔다.

바보가 아닌 이상에야 그들이 할 생각은 하나뿐이다. 도정만이 죽어도 싼 녀석이라는 것.

"그러니까 하는 겁니다. 어차피 돈을 노리고 하는 게 아닙니다. 언론 플레이예요."

역시 최고 변호사라고 해야 할까? 손하균의 작전은 깔끔하기 그지없었다.

"하지만 그렇게 많을까요?"

학교 폭력을 행사하는 놈들은 약한 놈만 노린다.

모은다고 해도 열 명 이상 모으기는 힘들 것이다.

"일반적으로는 그렇지요. 하지만 이번 일은 당사자가 없지 않습니까? 어차피 기각될 사건이구요."

"음?"

"진짜 당한 건지, 아니면 당했다고 주장만 하는 건지 확인할 방법이 없다는 겁니다."

"그러면 피해자가 급속도로 늘어날 수도 있겠군."

"'있겠군.'이 아니라 늘어날 겁니다. 당연히 그 안에는 진짜 피해자도 있겠지만, 가짜 피해자도 있을 겁니다."

백승모의 집안은 돈이 많다. 가짜 피해자를 넣는 것은 어렵지 않은 일이다.

애초에 부정할 사람은 이미 죽어서 이 세상 사람이 아닌데 누가 뭐라고 하겠는가?

"하지만 도정만의 집에서 그런 사람 모른다고 주장할 수도 있지 않습니까?"

노형진이 피식 웃었다.

"세상이 그 말을 믿어 줄 것 같습니까?"

"아……."

학교 폭력 가해자들의 부모 반응은 한결같다.

우리 자식이 그런 애가 아니다. 그럴 리 없다.

진짜 반성하고 뉘우치는 사람은 극히 드물다.

"도정만의 가족이 아무리 억울하다고 해 봐야 결국은 변명으로 보일 뿐입니다."

설사 안다고 하더라도 그건 도정만이 사람들을 괴롭히는 걸 알면서 모른 척했다는 뜻이 되기 때문에 그 가족은 인간쓰레기가 될 뿐이다.

그러면 가족들은 점점 입을 다물 수밖에 없다.

그들이 억울하다고 외칠수록 사람들이 욕하는 대상이 도정만에서 그 가족으로 바뀌어 갈 게 뻔하기 때문이다.

"결국 가족들의 입장에서는 조용히 있으면서 사건이 무마

되기를 기다려야 합니다. 그러지 않으면 자신들의 인생이 망가질 테니까요."

"집요하군…."

그렇게 되면 그들은 움직임을 제한받는다.

도리어 억울하다고 외칠수록 사람들은 뻔뻔하다고 비난할 게 뻔하니까.

무태식은 그 말을 들으면서 완전히 질렸다는 얼굴이 되었다.

"물론 나중에는 진실이 드러날 수도 있겠지요. 하지만 과연 도정만의 가족이 그때까지 버틸 수 있을까요? 도정만과 가족에 대한 인민재판. 그게 저들이 노리는 겁니다."

그렇게 되면 가해자인 백승모보다 피해자인 도정만이 더 나쁜 놈이 될 테고, 사람들은 도정만이 잘 죽었다고 생각할 것이다.

"하긴…… 당장 나만 해도 백승모 편에 서고 싶은 게 사실일세."

송정한은 입맛을 다시면서 말했다.

"세상 누구도 가해자 편에 서고 싶어 하지는 않지."

"하지만 백승모는 잔혹하게 고문을 하지 않았습니까?"

"이미 그건 묻혀 버렸습니다."

이미 언론과 여론은 도정만에 대한 판결을 내리고 계속 쏟아 내고 있었다.

백승모가 잔혹하게 고문한 점에 대해서는 더 이상 이야기하지 않는 것이다.

"그러면 손 털어 버릴까요? 솔직히 우리와는 관련이 없는 거 아닙니까?"

노형진은 한숨을 쉬었다.

"그러면 좋지요. 하지만 그러기에는 백승모가 너무 위험한 존재입니다."

"위험한 존재라고요?"

"백승모는 이번이 처음이지요. 그리고 심각한 통제 중독자입니다. 하지만 세상은 그가 마음대로 통제하는 데 한계가 있지요. 그럼 그 녀석이 무슨 짓을 저지를 것 같습니까?"

"글쎄요."

무태식이 고개를 갸웃했다.

하지만 다음 순간 자신도 모르게 부르르 떨었다.

"방치하면 통제 중독형 연쇄살인범이 될 가능성이 높아집니다."

"헉!"

"그건 반드시 막아야 합니다."

연쇄살인범에도 여러 가지 종류가 있다.

원한을 가진 경우도 있고 정신병인 경우도 있으며 사회적인 목적이 있는 경우도 있다.

'하지만 쾌락형 살인이 최악이지.'

회귀 전 미국에서 그런 유형의 살인범들을 많이 봐 온 노형진으로서는 그건 절대로 막아야 하는 일이었다.

"스스로의 만족을 위해 살인하는 타입을 쾌락형 살인이라고 합니다. 쾌락형 살인이 다른 자들보다 위험한 건, 살아 있는 동안에는 절대로 멈추지 못하기 때문입니다."

원한을 가진 경우라면 그 대상은 그 주변에 한정된다.

정신병은 체계적이지 않기 때문에 발각되기 쉽다.

사회적 목적은 정치인을 노리는 경우가 많다.

"하지만 쾌락형 살인, 특히 통제형 쾌락 살인은 아주 잘 숨습니다."

그들은 자신이 누군가를 지배한다는 느낌을 강렬하게 추구한다. 그리고 그걸 추구하기 위해 사람을 고문하고 괴롭힌다.

"문제는 그 통제 대상이 자기 자신이기도 하다는 겁니다."

그들은 살인을 연습한다.

끊임없이 자신의 살인 기술을 연습하며 또한 상황을 통제하려고 하고, 모든 정보를 숨긴다.

"그렇게 되면 진짜 살인 사건이 터져도 주변에서 인식하지 못하게 되는 겁니다."

"헐……."

"미국에서 그런 쾌락형 살인을 벌이던 놈이 있었습니다."

그 녀석은 적당한 희생자를 납치해 고문하면서 만족감을 누리면서 생활했다.

희생자의 입장에서는 차라리 죽는 게 나을 정도로 고통스러웠지만, 그는 죽음조차도 자신이 통제하려고 했기 때문에 죽이지도 않았다.

"피해자는 무려 24일간 고문당하면서 살았습니다. 생각해 보세요. 무려 24일입니다. 그 녀석은 희생자가 죽지 않게 하기 위해 직접 영양제와 주사를 놓으면서 희생자를 살렸습니다."

무태식은 부르르 떨었다.

그렇게 살아 있다면 아마도 차라리 죽여 달라고 빌었을 것이다.

"그 당시 그 살인범의 직업은 간호사였습니다. 병원에서 영양제와 수액의 양이 부족한 걸 이상하게 여긴 의사가 신고해서 그걸 수사하다가 걸렸죠. 애초에 살인으로 걸린 게 아닙니다. 그 사람은 20년에 걸쳐서 무려 쉰 명이 넘는 사람을 살인했다고 추정됩니다."

"추정……."

"증거가 충분하지 않았으니까요. 그러니 추정으로 최소치를 잡을 수밖에 없었습니다. 그렇다면 쉰 명이 넘을 수도 있다는 거지요. 그런데 백승모가 무슨 학과인지 아시잖습니까?"

"의대……군요."

"네. 최악의 조합입니다."

만일 그가 의사가 된다면 그는 사람의 어떤 부분을 고문하면 죽지 않으면서 고통만 받는지 매우 잘 알게 될 것이다.

또한 사람의 목숨을 연명시키기 위해 수액이나 영양제를

구입하는 데 하등 지장이 없게 된다.

"큭……."

"이건 단순히 이기고 지고의 문제가 아닙니다."

처음에는 그저 검사 쪽에 라인을 만들어 볼 생각으로 시작된 일이지만 프로파일러들의 심리검사 결과는 확실했다.

연쇄살인범이 될 가능성은 95% 이상.

'한 번도 살인을 해 보지 않았다면 모를까.'

그렇다면 쾌락을 몰랐을 것이다.

하지만 그는 이제 지배형 살인을 했고 그 쾌락을 알았다. 그럼 그걸 끊지 못할 것이다.

"맞네. 내가 봐도 정상은 아닌 것 같더군."

송정한도 걱정스럽게 말했다.

백승모는 재판정에서조차 가만있지 못하고 히죽거렸다.

변호사 측은 정신이상 때문이라고 하지만 그건 정신이상이 아니었다.

송정한이 봤을 때 그는 전혀 후회나 죄책감을 느끼지 못하고 있었다.

"죄책감을 느끼지 못한다면 연쇄살인을 할 가능성 역시 높아지는 것이 정상이지."

송정한은 걱정스럽게 말했다.

"아마도 그는…… 소시오패스일 걸세."

그 말에 무태식 역시 사태를 깨달았다.

새론에는 소시오패스로 구성된 경호 팀이 있다.

그들은 자신의 이득을 위해 아무런 거리낌 없이 싸운다.

새론은 그들을 매달 상담 치료와 충분한 임금을 주는 조건으로 고용했다.

그럼에도 불구하고 그들은 사람들과 거리를 두면서 자기들만의 세계에서 살아간다.

"소시오패스의 위험한 점은 가면을 쓰는 데 능숙하다는 겁니다. 백승모는 아직은 가면을 쓸 줄 모릅니다. 그래서 이번 일을 저질렀겠지요. 하지만 가면을 쓴다면……."

얼마나 많은 희생자가 나올지는 미지수.

"어떻게 해서든 그 녀석을 잡아넣어야 합니다."

"하지만 어떻게요? 이 상태로는 방법이 없는데요."

무태식의 말에 노형진은 차분하게 계획을 설명했다.

"일단 의심스러운 부분을 파 봐야지요."

"의심스러운 부분?"

"네. 백승모와 도정만의 접점요."

그 부분에 대해서는 아직까지 미스터리로 남아 있다.

가해자인 것은 맞지만 어디서 폭행당했는지는 알 수가 없는 것이다.

"그러니 피해자부터 시작해 보죠."

노형진은 피해자의 사진을 움켜쥐면서 말했다.

"도정만? 이 개새끼는 왜요?"

"아주 잘 죽었어요."

"내 속이 다 시원하네."

노형진은 도정만의 집 근처와 학교 근처에서 그에 대해 묻고 다니기 시작했다.

그리고 사람들의 말을 들으면서 왠지 씁쓸해졌다.

'이건 뭐, 도긴개긴이라고 해야 하나.'

백승모도 소시오패스라고 추정하고 있지만 도정만도 했던 짓거리를 봐서는 멀쩡한 인간은 아닌 듯했다. 주변에서 그에 대해 좋게 말하는 사람은 아무도 없었던 것이다.

"생각보다 좋은 놈은 못 되는군요."

"그건 예상했으니까요."

그는 이 지역에서 소문난 왈패였다.

학교 다닐 때부터 돈을 빼앗는 것은 일상이었고, 권투를 해서 그런지 싸움 실력도 뛰어났다. 그리고 도둑질도 적지 않게 했다고 한다.

"용케도 그런 좋은 대학에 들어갔네요."

"깡패라고 머리도 나쁘라는 법은 없으니까요."

그게 문제였다.

그는 머리가 좋다는 이유만으로 학교에서도 쉽게 용서받

앉고 집에서도 쉽게 용서했다.

반성문과 함께 성적 증명서를 제출하면 쉽게 훈방되곤 했다.

"선입견의 문제죠."

공부를 잘하는 아이가 그런 짓을 하는 데에는 다 이유가 있다는 터무니없는 선입견.

그 선입견 때문에 그는 쉽게 용서받고 쉽게 풀려났다.

"그러다가 대학에 가서 괴물을 만난 거죠."

안 봐도 비디오다.

백승모는 통제에 집착하는 타입의 소시오패스다. 그런데 도정만은 백승모가 통제할 수 있는 타입이 아니다.

그러니 그 둘이 계속 충돌하고 원한이 깊어질 수밖에.

"일단은 더 찾아봅시다."

노형진은 백승모와 도정만의 사진을 들고 온 마을을 뒤지기 시작했다.

"혹시 이 사람들 아십니까?"

"아니, 몰라."

"이 사람들 보신 적 있으신지요?"

"전혀."

어깨를 으쓱하는 사람들.

노형진은 그렇게 질문하면서 다니다가 이상하다는 생각이 들었다.

"전혀 알지 못하는 것 같은데요."

"그렇지요?"

일단 같은 학교는 아니라고 하지만 분명 같은 지역에 살고 있었으니 접점이 생긴 거라 생각했다. 백승모 쪽도 그렇게 주장했고 사진도 그렇다.

그런데 전혀 알지 못한다니.

"이보슈."

그때였다.

생선 가게에서 무심하게 생선을 팔던 남자가 노형진이 안쓰러웠는지 쓸 만한 정보 하나를 건넸다.

"보아하니 깡패 애들을 찾는 것 같은데, 여기서 찾아봐야 못 찾을 거유. 그 애들이 여기에 오겠수?"

"깡패?"

노형진은 고개를 갸웃했다.

"이 아이들에 대해 아신단 말씀입니까?"

"모르지."

"네?"

모르는데 어떻게 깡패라는 사실을 안단 말인가?

그러나 그 답변은 간단했다.

"그 녀석들은 모르지만 그 녀석 가방에 있는 배지는 알겠네."

"배지요?"

노형진은 증거로 제출된 사진을 바라보았다.

그러고 보니 가방에 무슨 동물의 얼굴 같은 배지가 붙어 있었다.

"그거, 이 동네에서 돌아다니는 하이에나파 배지유."

"하이에나파요?"

같잖은 이름에 노형진은 기가 막혔다.

물론 남자 역시 코웃음만 치는 걸 보니, 같잖은 녀석들인 건 맞는 모양이었다.

"교복을 보아하니 저기 송구고등학교 녀석인 것 같은데, 송구고등학교에서 지들끼리 뭉쳐 다니면서 애들 괴롭히는 녀석들이 있소. 그 녀석들이 자기들을 무슨 하이에나파니 뭐니 하면서 지껄이지."

"아아."

노형진은 무슨 말인지 알아차렸다.

고등학교 때는 철이 없을 시기다. 그리고 싸움 좀 하는 애들은 막연하게 폭력 조직에 환상을 가지고 있고, 또 의리니 어쩌니 그런 것에 매달린다.

'그리고 가끔은 쓸데없는 짓을 하기도 하지.'

그중 하나가 바로 자기들끼리 뭉쳐서 무슨 조직이랍시고 만들어 떠들고 다니는 것이다.

물론 진짜 폭력 조직도 아니고 그렇게 용기 있는 놈들도 아니니 흉내 내기 수준이지만, 어찌 되었건 그 지역 학생들에게는 위협이 되는 놈들이다.

"그 하이에나인지 발톱의 때인지 뭔지가 저쪽 재개발 지역에 죽치고 앉아서 깽판 치는 거야 뭐 하루 이틀 일도 아니고."

그들은 자신이 조직원인 것을 자랑스럽게 생각하면서 가방에 하이에나 얼굴의 장식품을 걸고 다닌다고 한다.

남자는 그 장식품을 본 것이다.

"다른 녀석이 그냥 달았을 가능성은 없습니까?"

"절대 없지. 다른 사람이 달면 그 새끼들이 집단으로 린치를 가하거든."

'하긴.'

생각해 보면 백승모는 충분히 하이에나파인지 뭔지에 들어갈 수 있는 가능성이 있다.

"감사합니다."

"혼자서 가시려구? 그건 안 좋은데?"

"왜요?"

"애새끼들이기는 한데, 워낙 안하무인이라서 말이지."

"그 부분은 걱정하지 마세요."

노형진은 피식 웃었다.

"그런 놈들을 대하는 법을 아주 잘 알고 있는 사람이 있거든요."

노형진은 씩 웃으면서 전화기를 들었다.

⚖

"뭐야, 이 노친네들은?"

재개발 지역.

모두 다 때려 부수기 위해 사람들이 빠져나간 후라 불량 청소년들이 모이기에 딱 좋은 곳이었다.

노형진은 그곳에 들어간 지 얼마 되지 않아서 뭉쳐 있는 한 무리의 청소년들을 찾을 수 있었다.

"노친네?"

무태식은 노친네라는 말에 입을 쩍 벌렸다.

물론 그가 그들보다 나이가 많기는 하지만 그렇다고 해서 노친네 소리 들을 정도는 아니었다.

'난 그렇게 나이 안 많은데?'

더군다나 노형진은 무태식보다 훨씬 어리다.

"뭐냐, 이 꼰대들은?"

"얘들아, 나 그렇게 나이 안 많다."

무태식은 애써 웃으면서 대화를 시도하려고 했다.

일단 그들에게서 도움을 받으려고 하니 좋게 말하려고 한 것이다.

하지만 노형진은 그걸 보면서 피식 웃었다.

'무 변호사님, 틀렸습니다.'

무태식은 친해지려고 그랬을 가능성이 높다. 그러니 어색하게 웃으면서 접근했겠지.

그러나 저런 아이들에게는 그런 게 안 통한다.

물론 장시간에 걸쳐서 마음을 열어 가면 친해질 수 있을지도 모른다. 하지만 지금은 그럴 때가 아니다.

"아휴, 꼰대 냄새."

"나 그렇게 나이 안 많다. 낄낄낄."

무태식 흉내를 내면서 낄낄거리는 아이들.

"이봐요, 꼰대 씨. 우리 당신들이랑 이야기할 생각 없거든."

"뭐?"

"보아하니 개과천선하라고 지껄이러 온 것 같은데, 꺼져."

그들의 말투에 입을 쩍 벌리는 무태식.

하긴, 그는 공부만 한 범생으로 자라났으니 이런 타입의 아이들과 어울릴 만한 일은 없었을 것이다.

"지…… 지금 무슨……?"

뭐라고 하려는 무태식을 노형진이 진정시켰다.

"저 애들은 지금 우리를 자기들에게 일장 연설하려고 온 청소년 보호사 같은 걸로 생각하는 겁니다."

"뭐라고요?"

무태식은 어이없어서 말을 못 했다.

"뭐, 무 변호사님 방식도 나쁘지는 않아요. 그런데 좀 더 공격적으로 나가는 것도 나쁘지는 않을 것 같습니다."

"좀 더 공격적으로?"

"네."

노형진은 웃으면서 그 아이들에게 다가갔다.

"애들아, 너희들은 세상을 잘 모른단다."

"뭐야, 이 새끼는?"

"저쪽 꼰대보다는 좀 젊어 보이는데?"

강한 척하면서 깐죽대는 아이들.

"간단하게, 도와주면 유혈 사태는 안 벌어질 거다."

"지랄하고 자빠졌네."

"이게 무슨 게임이냐, 유혈 사태가 벌어지게?"

"뭐, 벌어지겠지, 저 인간들한테."

안쪽에 있던 아이가 스윽 일어나더니 히죽 웃었다.

"저 인간들 주머니가 제법 두툼해 보이지 않냐? 양복도 좋아 보이고."

"오, 그러네."

서로 눈빛을 주고받으면서 스윽 일어나는 아이들.

노형진은 그걸 보면서 한숨을 푹 쉬었다.

"애들이 참 철이 없어요."

"큭큭큭, 그러는 넌 철이 있어서 여기에까지 찾아왔냐? 여기는 비명을 질러도 도와줄 사람 없거든?"

노형진은 손가락을 까딱했다.

"그건 너희에게도 해당된다는 생각 못 하니?"

"뭐?"

노형진은 대답하지 않았다.

하이에나파인지 뭔지 하는 녀석들의 대답도 기대하지 않았다.

그들의 눈이 이미 코너에서 스윽 나오는 십여 명의 남자들에게 가 있었던 것이다.

"저……."

"설마 너희 애송이들을 잡으러 내가 혼자 왔을까?"

노형진은 씩 웃으면서 뒤에서 나타난 사람들을 가리켰다.

"사회적으로 도움이 안 되는 녀석이라면 내가 도움을 줄 수 있게 하는 게 어른의 방식 아니겠어?"

"어……."

스윽 나타난 사람들은 다름 아닌 새론의 경호 팀.

하이에나파보다 숫자는 적을지 모르지만 그래도 그 분위기는 훨씬 압도적이었다.

모든 걸 다 떠나서, 그들 손에 들려 있는 전기 충격기는 그 무엇보다도 압도적으로 위험해 보였다.

"이런 쌰앙……."

"이미 늦었을걸."

뭔가 이상하다는 걸 눈치채고 도망가려고 하는 녀석들.

하지만 그 녀석들은 그럴 수가 없었다.

"끄아악!"

가장 가까이 있던 녀석이 전기 충격기에 당해 게거품을 물고 쓰러진 것이다.

"끄아아악!"

그렇게 연이어 터지는 비명 소리.

"튀어!"

그러나 경호 팀은 이미 사방을 포위한 상태였다.

그들이 도망갈 수 있는 유일한 길은 경호 팀에게 막혀 있는 상황.

"쌍, 매달려! 전기 충격기잖아! 같이 당하기 싫으면 안 쓸 거야!"

그래도 머리 좋은 놈이 있는지 그 말에 다들 경호 팀에게 매달렸다.

그러나 그런 그들에게 들려온 목소리에는 어이없다는 듯한 비웃음이 섞여 있었다.

"너희들, 바보냐?"

"뭐라고? 끄아악!"

매달린 아이는 비명을 지르면서 얼굴을 부여잡고 바닥을 나뒹굴었다.

경호 팀이 그런 간단한 저항을 예상하지 못할 리 없었다. 그들은 그때를 대비해서 이미 후추 스프레이를 가지고 있었다.

후추 스프레이의 약점은 짧은 사정거리.

하지만 전기 충격기를 막기 위해 매달리는 아이들이니 거리가 있을 수가 없었다.

"아악!"

"끄아악!"

사방에서 들리는 비명 소리.

노형진은 그걸 보면서 느긋하게 말했다.

"비싼 애들입니다. 상품이 다치지 않게 조심해서 다뤄 주세요."

"네."

노형진의 말에 다들 대답하자, 아이들은 왠지 모를 공포에 떨어야 했다.

뒤에 있던 무태식은 씁쓸한 미소를 지을 수밖에 없었다.

잠시 후, 아이들 전부가 바닥에 쓰러졌다. 그들의 팔과 다리는 케이블 타이로 묶여 있었다.

"자, 어린이 친구들."

노형진은 그들을 보면서 미소를 지었다.

"아까 내가 뭐라고 했지?"

"……."

"이런, 이런…… 대가리가 비어서 모르나 본데. 하긴, 대가리는 팔 수 없으니 상관없기는 하지. 내가 아까 우리 어린이 친구들에게 이렇게 말했지요, 사회적으로 도움이 되게 만들겠다고?"

"……."

"대답을 안 하네?"

노형진이 히죽 웃으면서 말하자 경호 팀 한 명이 아이들에게 다가가려 했다.

"네!"

"그…… 그러셨어요."

그러자 황급히 대답하는 아이들.

'내 그럴 줄 알았다.'

무슨 파니 어쩌니 하면서 무리 지어도 아직은 학생.

제대로 된 폭력에 부딪치자 다들 겁을 먹은 것이다.

'뭐, 좀 더 겁을 줘 볼까.'

노형진의 경험상 이런 녀석들은 그냥은 뭘 물어봐도 제대로 대답하지 않는다.

의리니 뭐니 마음대로 떠벌릴 뿐.

물론 돈을 줄 수도 있다. 하지만 그 돈을 좋게 쓰지 않을 게 뻔하니 그냥 주고 싶은 생각은 없었다.

"그런 의미에서 도움이 안 되는 아이들에게는 내가 개인적인 방식으로 도움을 얻을 거야."

"개인적인 방식?"

"그래."

"무…… 무슨 방식요?"

분위기가 이상하다는 걸 눈치챈 아이들은 바들바들 떨었다.

"아이들의 싱싱한 장기는 생각보다 돈이 되거든. 아무래도 건강하고 튼튼하니까. 얼마나 사회적으로 도움이 되고 좋아? 쓰레기 같은 너희 장기로 사회적으로 능력 있는 올바른 사람들을 살릴 수 있다고. 물론 돈이 많은 분들이지."

"허억!"

"헉!"

그 말에 사색이 되는 아이들.

그럴 수밖에 없는 게 실제로도 얼마 전에 장기 밀매 조직이 발각되어서 일망타진되었다는 뉴스가 있었다.

지금까지 정부에서 대한민국에는 장기 밀매 조직이 없다고 주장해 왔지만 경찰까지 낀 장기 밀매 조직이 발각되면서 온 대한민국이 뒤집혔다.

"설마 우리 조직이 그렇게 쉽게 박살 날 거라 생각한 거야?"

"아아아."

아이들은 얼굴이 사색이 되어 오줌을 질질 싸기 시작했다.

"가지고 왔지?"

"네."

노형진이 뭘 가지고 왔는지 말하지도 않았지만 경호원은 마치 안다는 듯 대답했다.

곧 그들의 앞으로 한 대의 차량이 들어오기 시작했다.

"으아아아……."

그걸 본 아이들은 처절한 비명을 지르기 시작했다.

그건 다름 아닌 탑차였다. 제법 커다란 탑차.

그건 번호판을 가린 채로 천천히 주차장 안으로 들어오고 있었다.

"저 안에서는 아무리 비명을 질러도 소용없어. 그러니까 기대하라고."

"살려 주세요! 살려 주세요!"

아이들은 노형진의 말에 바들바들 떨면서 매달리기 시작했다.

"싫은데?"

"제발 살려 주세요!"

"왜? 너 하나 팔면 3억은 나오는데? 너희가 3억씩 줄래? 그러면 살려 줄게."

그럴 돈이 있을 리 없다.

"제발요. 이렇게 빌게요."

무릎을 꿇고 싹싹 비는 아이들.

노형진은 그들을 보면서 씩 웃었다.

"좋아, 기회를 주지. 아까도 말했지만 난 착한 사람이에요. 도움이 되는 사람은 해치지 않아요."

웃으면서 하는 노형진의 말에 옆에 있던 무태식은 미친놈 바라보듯이 했다.

그는 노형진이 하도 어이없어서 바라본 것이지만, 아이들의 눈에는 '이런 미친놈이 헛소리하고 있네.'라고 말하는 것처럼 보였다.

그렇다 보니 아이들은 더욱 공포에 찌들었다.

"제…… 제발 살려 주세요……. 제발…… 흑흑."

"좋아, 그러면……."

노형진은 두 장의 사진을 꺼냈다.

이것이 법이다

"이거 보이지? 이 새끼들이 우리 조직이랑 사이가 안 좋은데 말이야, 튀었거든. 어디에 있는지 아는 사람? 정보를 주는 녀석들은 곱게 보내 주지. 물론 신고하면 가족에게까지 찾아갈 거야. 알지?"

"주…… 주세요. 주세요."

황급히 사진을 받아 간 아이들은 그걸 뚫어져라 바라보았다.

"아는 사람?"

"저요! 저요!"

"저도 알아요!"

너도나도 손을 드는 아이들.

노형진은 그 아이들을 따로 분류해 냈다.

"나머지는 모르는 거야?"

"네."

전혀 알지 못하는 상황이니 그 아이들은 침묵을 지킬 수밖에 없었다.

"그러면 필요 없어."

"헉!"

"아까는 말하면 살려 주신다고 했잖아요!"

"말한 사람만 살려 준다고 했지."

노형진이 고개를 까딱하자 경호원들은 아이들을 강제로 탑차에 태우기 시작했다.

"살려 주세요!"

"아악!"

"잘못했어요! 착하게 살게요!"

안다고 손을 들었던 아이들은 얼굴이 사색이 되었다.

진짜로 끌고 갈 거라고는 생각도 못 했던 것이다.

"살려 줘요!"

"엄마!"

"구해 줘!"

하지만 탑차는 '탕!' 하는 소리와 함께 문을 닫고 그대로 출발해 버렸다.

"자, 남은 애들은 거짓말하지 않았기를 빈다. 그러면 내가 떠난 차를 다시 불러야 하거든."

"네……."

"말하겠습니다."

"그래그래. 일단 너부터 말해 볼래?"

노형진이 지적하자 그 아이의 입에서 두 사람에 대한 정보가 쏟아지기 시작했다.

⚖

"여보세요."

노형진은 재개발 구역을 나오면서 운전 중인 경호원에게 전화를 걸었다.

"접니다, 네. 아이들은 어때요? 네? 울고불고 난리라고요? 하하하. 일단 적당히 사람 없는 곳에서 내려 주고 한 명만 케이블 타이를 끊어 줘요. 네? 뭐, 적당히 핑계를 대면 되지 않을까요? 너희 또래의 동생이 있어서 차마 못 하겠다는 식으로요. 신고하면 뒤가 안 좋을 거라는 말도 잊지 말고요. 신고요? 해도 그만, 안 해도 그만이죠. 네네. 너무 산속이면 곤란하니 한적한 국도 쪽에서 내려 주세요. 네네."

노형진이 통화를 마치고 전화를 끊자 무태식은 기가 막히다는 표정으로 그를 바라보았다.

"진짜로 해 버렸네요?"

"무 변호사님의 방법은 애초에 안 통할 거라고 하지 않았습니까?"

무태식은 물어보면 대답해 주지 않을까 하고 기대했다.

하지만 노형진은 그런 기대는 전혀 하지 않아서 이 모든 준비를 해 놨다.

"그런데 신고하지 않을까요?"

"신고하라고 하세요. 뭐, 증거가 있어야 하지요. 그리고 설사 한다고 한들, 우리한테 칼이 날아오겠습니까?"

"끄응……."

그렇다. 노형진과 무태식이 드러나기는 했지만 그들은 변호사다.

변호사가 장기 밀매 조직을 이끈다는 건 지나가는 개도 안

교묘한 진실 289

믿을 소리다.

"아마 숨어 있던 녀석들이 철퇴를 맞겠죠, 뭐."

실제로 장기 밀매 조직이 발각되어 나라가 뒤집혔었다.

정부에서는 박멸되었다고 호언장담한 상황.

"그 녀석들이 대신 맞아 줄 텐데 뭐가 걱정입니까?"

실제로도 탈출한 애들이 신고하면서 해당 지역의 장기 밀매 조직에 대한 대대적인 수사가 진행되었다.

그 과정에서 진짜 장기 밀매 조직은 찾지 못했지만, 숨죽이고 있던 중국계 조직들과 폭력 조직들이 두들겨 맞는 사태가 벌어졌다.

"그래도 정신적 충격이 장난 아닐 텐데요?"

"그 대신 정신 차리고 살겠지요."

"하긴."

어쭙잖은 깡패 노릇을 하다가 진짜 깡패에게 장기 밀매를 당할 뻔했다고 생각했을 테니 그 아이들은 정신을 차릴 것이다.

이런 일을 당하고도 변하지 않는 아이들은 말 그대로 쓰레기일 뿐이다.

실제로 대부분의 아이들은 그 이후에 정신을 차리고 조용히 학교를 다니기 시작했다. 공부를 잘하게 된 건 아니지만, 최소한 어쭙잖은 깡패 노릇은 하지 않게 된 것이다.

"그나저나 이건 생각 이상인데요."

"네."

노형진과 무태식이 찾아낸 정보는 지금까지와는 전혀 다른 것이었다.

"백승모와 도정만이 아는 사이라……."

물론 백승모 측 변호사인 손하균이 서로 알고 지내던 사이라고 말하기는 했다.

하지만 그들의 주장은 도정만은 가해자에 백승모는 피해자로, 도정만의 괴롭힘을 견디다 못한 백승모가 범죄를 저지른 것으로 되어 있었다.

"그런데 다른 조직이라……."

그런데 아이들의 이야기는 달랐다.

도정만은 선배로 하이에나의 리더였으며, 백승모 역시 자기네 학교의 폭력 조직인 자칼의 리더였다는 것이다.

"하긴…… 둘 다 공부를 잘하고 폭력적이라는 특징이 있으니……."

"그럼?"

"결국 두 소시오패스가 만나서 둘 중 하나가 죽을 때까지 싸운 셈이군요."

"허허, 거참……."

무태식은 혀를 끌끌 찼다.

"이런 황당한 일이……."

"황당한 건 아니죠."

통계에 따르면 스물다섯 명 중 한 명은 소시오패스라고 한다. 절대로 낮은 숫자가 아니다.

물론 그중에도 경증이 있고 중증이 있기는 하다.

하지만 확률적으로 봤을 때 두 명의 중증 소시오패스가 만날 가능성이 없는 것은 아니다.

"그런데 가해자라……."

"백승모가 도정만에 대해 사전에 알고 있었으니 이런 작전을 짤 수 있었겠지요."

노형진은 조용히 생각을 하면서 걸어갔다.

"아무래도 정치인들이 잘 쓰는 방법을 써야겠네요."

"정치인들이 잘 쓰는 방법?"

"네. 그거 있지 않습니까, 서로 똥칠하기."

"아아."

정치인들은 선거 때마다 공약이나 제대로 된 정책으로 승부하는 게 아니라 네거티브 전략을 쓴다.

그들은 서로에 대해 욕하고 무능하다고 비난한다.

특히 상대방 후보가 유능하고 뛰어난 사람일수록 그런 비난과 비방은 강도 높게 이루어진다.

그 목적은 간단하다.

저 새끼나 나나 똑같은 놈이다. 그러니까 날 뽑아 달라.

"네거티브라. 그런데 어떻게 말입니까? 아까 그 녀석들에게 엄청나게 겁을 줬잖습니까?"

그런 상황에서 자신들이 찾아가서 증언하라고 하는 건 무리다.

자칫 잘못하면 자신들에 대해 드러나는 수도 있다.

피해가 없다고 하지만 어찌 되었건 노형진이 저지른 것은 협박이다. 문제가 안 될 수가 없다.

"그놈들 말고 백승모에 대해 잘 아는 녀석들이 있지 않습니까?"

"에? 누구요?"

노형진은 씩 웃었다.

"자칼요."

"아!"

백승모는 자기네 학교의 자칼이라는 폭력 조직의 리더였다고 한다. 당연히 그들은 백승모에 대해 잘 알 것이다.

"하하하."

무태식은 노형진의 작전을 들으면서 그저 웃을 수밖에 없었다.

다음 권으로 이어집니다

ROK
MEDIA

오메가쓰리 퓨전 판타지 장편소설

아이템 매니아

10년을 공들인 게임, 현실이 되다!
퀘스트를 선점하고 아이템을 독식하라!

역대급 난이도의 게임 '페어리 테일'
10년 만에 클리어를 눈앞에 둔 정훈은
알 수 없는 기운에 의해
현실로 끌려 나오게 되는데……

그런데 또다시 '입문자의 방'이라니?

극악한 게임이 현실로 바뀐 순간.
쪼렙이 된 정훈에겐 만렙 캐릭터의 아이템들과
달달 외운 게임 정보들이 가득하다?

'페어리 테일'의 최강자가 되기 위한 행보!
모든 걸 가진 자의 유아독존 정복기가 펼쳐진다!

덕민 현대 판타지 장편소설

두 개의 심장을 가진 자

감탄이 나오는 얽히고설킨 치밀한 구성
수컷 냄새 물씬 풍기는, 묵직한 수사 활극!

저주처럼 머릿속에 각인된 프로파일링 능력으로
모든 범죄를 꿰뚫어 볼 수 있는 형사 박상욱

잃어버린 과거를 파헤칠수록 접하게 되는 비밀과 무공
그리고 피해 갈 수 없는 세상 밖 세상, 쟁천의 무리

재벌도 명문가도 악마도, 그냥 범죄자일 뿐
싹 다 조져 버려!

ROK
MEDIA

꿈의 도약, 로크에서 하십시오
(주)로크미디어에서 신인 작가를 모십니다

즐거운 세상, 로크미디어는 꿈을 사랑하고 도전을 두려워하지 않는 작가 분들의 참신한 작품을 기다리고 있습니다. 21세기 장르 문학계를 이끌어 갈 차세대 선두 주자 (주)로크미디어에서 여러분의 나래를 활짝 펴 보시길 바랍니다.

모집 분야 판타지와 무협을 포함한 장르 문학
모집 대상 아마추어 작가, 인터넷 작가
모집 기한 수시 모집

작품 접수 시 유의 사항

1. 파일명은 작가명_작품명.hwp형식을 갖춰 주십시오.
1. 파일에 들어갈 내용은 다음과 같습니다.
    - 성명(필명인 경우 실명을 밝혀 주세요), 연락처, 이메일 주소
    - 제목, 기획 의도
    - A4용지 1장 분량의 등장인물 소개
    - A4용지 2장 분량의 전체 줄거리
    - 본문
1. 작품이 인터넷에 연재되고 있다면, 게시판명과 사이트의 구체적이고 정확한 주소를 기재해 주십시오.

선택된 작품은 정식 계약 후 출판물로 간행되어 전국 서점에 유통됩니다.
작가 분은 (주)로크미디어의 전폭적인 지원하에 전속 작가로 활동하시게 됩니다.
※ 자세한 내용은 로크미디어 홈페이지(rokmedia.com)를 참조하세요.

(03920)서울시 마포구 성암로 330 DMC첨단산업센터 3층 314호
(주)로크미디어 편집부 신간 기획 담당자 앞
전화 : 02 - 3273 - 5135
www.rokmedia.com   이메일 : rokmedia@empas.com